Hartmut Lange

An der Prorer Wiek und anderswo

NOVELLEN

Diogenes

Covermotiv:
Foto von Philipp Keel,
›Reflection of Palm Trees, 2007‹

www.diogenes.ch
30/18/852/1
ISBN 978 3 257 07013 2

Ich danke Ulrike
für ihre Mitarbeit

Inhalt

An der Prorer Wiek 9
Der Mönch am Meer 23
Frau Frühwald 33
Und nochmals an der Prorer Wiek 49
Emilys Schatten 59
An der Spanischen Treppe 71
Auf dem Gelände 79
In der Ewigen Stadt 85
In der Villa Albani 95
Drei Reiter 105

An der Prorer Wiek

Das Seebad Binz an der Prorer Wiek ist überaus berühmt. Es ist eine Ansammlung renovierter Villen hinter einer von Bäumen umstandenen Promenade. Überall vollbesetzte Strandkörbe, von der Seebrücke her, von der Anlegestelle der Fährschiffe, hört man ununterbrochen Musik. Hier wird einiges geboten, hier herrscht bis weit über Mitternacht hinaus der unbedingte Wille, sich zu amüsieren. Aber das war es nicht, was Henning Biesterfeld interessierte. Er saß, ein Glas Eiskaffee in der Hand, in der Empfangshalle des Kurhauses, die ihn an die Zeit der Belle Époque erinnerte, und plötzlich geschah etwas, das er sich nicht erklären konnte. Er sah eine Frau, die mit unruhigen Blicken, und als würde sie etwas suchen, durch die Flügeltür trat, und als Henning Biesterfeld sich erhob, als er auf dem Sofa, auf das die Person zusteuerte, Platz machen wollte, sah er sie bereits auf der gegenüberliegenden Seite der Empfangshalle.

›Wie ist das möglich‹, dachte er und kam von

dem Eindruck nicht los, sie wäre durch ihn hindurchgegangen.

Für Augenblicke stand er ratlos da, sah zu, wie die Frau die Empfangshalle verließ und, dies glaubte Biesterfeld zu erkennen, auf der Promenade in Richtung Granitz unterwegs war. Er wollte ihr folgen, ließ es aber sein, und als er wieder auf dem Sofa saß, zog er seinen Skizzenblock hervor, begann zu zeichnen. Er tat es sicher und schnell, und die Korrekturen, die er anbrachte, wiesen darauf hin, dass hier ein Könner am Werk war, und so war es kein Wunder, dass er zuletzt die Skizze eines Porträts in seinen Händen hielt.

Henning Biesterfeld war ein bekannter Maler, der auf riesigen Leinwänden Farbflächen gegeneinander setzte. Ob dies auf die Dauer überzeugend sein würde, konnte niemand sagen. Aber er hatte Erfolg, und am nächsten Tag tat er, was er sich vorgenommen hatte, das heißt, er ging unter den hohen Kiefern hinweg in Richtung Granitz. Nach einem halben Kilometer erreichte er den Fischerstrand, und nachdem er die Villa Agnes passiert hatte, sah er ein Haus, dessen Dach offenbar undicht geworden war. Man kennt diese vernachlässigten, seit langem leerstehenden Immobilien, die, da sich niemand darum zu kümmern scheint, allmählich Spuren des Verfalls aufweisen. Ringsherum und besonders in Richtung der Seebrücke hatte man alles auf exklusive Weise erneuert. Binz war ein Ort, der besondere Renditen versprach. Umso erstaunlicher, dass man dieses Beispiel norddeutscher Bäderarchitektur, dieses Fachwerkhaus aus der Jahrhundertwende mit vorgebauten Veranden, Bogenfenstern und einem Dreiecksgiebel, dass man dieses Zeugnis bürgerlichen Wohlstands offenbar unbeachtet gelassen hatte. »Betreten verboten«, war da zu lesen.

Henning Biesterfeld überlegte, ob er das verrostete Gartentor, das einen Spaltbreit offen stand, passieren sollte, und für einen Augenblick kam ihm der Gedanke, dass jene, die er suchte, in solch einem Haus, ›Ja, warum nicht?‹, dachte Biesterfeld, anwesend sein könnte.

›Immerhin war sie, und das kann ich bezeugen, als sie den Strand erreicht hatte, in dieser Richtung unterwegs‹, dachte er, zwängte sich durch das Tor und begann, da er nichts weiter als Papier und Bleistift bei sich hatte, alles was ihn interessierte, zu zeichnen.

Zunächst sah er, wie kunstvoll und fragil man das Dachgeschoss über dem Dreiecksgiebel gestaltet hatte und dass man mit dem nötigen Mauerwerk sparsam umgegangen war. Am Holz der Veranden blätterte die Farbe ab. Auch bemerkte Biesterfeld direkt neben dem Giebel so etwas wie eine Lücke, und je länger er hinsah, je genauer er dies zu Papier brachte, desto deutlicher wurde, dass da etwas weggebrochen war.

›Ein Stützbalken hat sich gelöst‹, dachte er und spürte, wie unangenehm ihm diese Entdeckung war.

Denn dies wusste auch Henning Biesterfeld, dass ein undichtes Dach die Balken in ununterbrochener Nässe mürbe machen und dem Einsturz überantworten würde.

›Und von Stockwerk zu Stockwerk bis ins Parterre hinab‹, dachte er und ging zum Eingang, den man ebenfalls, wie das verrostete Gartentor, offen gelassen hatte.

Die Tür, die Biesterfeld an der Klinke berührte, war lediglich angelehnt, und als er sie öffnete, hörte er am Knarren der Scharniere, dass hier äußerste Vorsicht geboten war. Er trat ins Innere, sah sich um, bemerkte, als er die Treppe hinaufstieg, dass die Fensterläden verriegelt waren. Aber es gab noch genügend Licht, um das, was er überblicken konnte, mit wenigen Strichen festzuhalten, und nach einer halben Stunde, nachdem auch die letzte Seite des Blocks aufgebraucht war, ging er in den Garten zurück. Er war zufrieden, hatte, wie er fand, genügend Material.

›Und wer weiß‹, dachte er, ›vielleicht wäre dies der Anlass, eine neue Ausstellung vorzubereiten.‹

In den folgenden Tagen konnte man nicht sagen, ob er das Zimmer seiner Pension verließ. Man sah weder, dass er ein Restaurant aufsuchte, noch, dass er auf den Straßen zur Promenade unterwegs war. Stattdessen war da hinter den Gardinen seines Fensters ein ruheloser Schatten. Biesterfeld schien zu arbeiten, und als er mit dem Koffer an der Rezeption stand, um sich zu verabschieden, hatte er eine Mappe unterm Arm. Er fuhr nach Berlin zurück, und irgendwann zog er sein Handy hervor, um Winfried Schröder, so hieß der Galerist, mit dem er befreundet war, anzurufen.

»Ich habe etwas Neues in Arbeit, etwas, worüber du staunen wirst«, sagte Henning Biesterfeld, und am selben Abend noch, nachdem man sich in der Wohnung des Galeristen getroffen hatte, erklärte er, was er meinte.

Er nahm die Mappe zur Hand, die er öffnete, und nun konnte er dem Freund seine neuesten Arbeiten präsentieren, auf denen mit beeindruckender Raffinesse die Schönheit einer baufälligen Villa dargestellt war, und er plädierte dafür, den Packen Zeichnungen, es waren immerhin dreißig Stück, in einem separaten Raum auszustellen.

Der Galerist hörte ruhig zu, erhob sich, begann

in der Mappe zu blättern, legte einiges auf den Tisch, um es näher zu betrachten.

»Und wer ist die Frau hier?«, fragte er und tippte mit dem Zeigefinger auf eines der Blätter, dessen Ränder schraffiert waren.

Da war ein Gesicht, die Augen waren nur angedeutet. Eine Haarsträhne reichte bis zur Schulter, die zur Hälfte von einem Tuch verdeckt war. Aber das Ganze blieb, auch wenn man näher hinsah, überaus vage, und nun war Henning Biesterfeld gezwungen zu erklären, dass im Kurhaus eine Frau aufgetaucht war, von der er den Eindruck gehabt hätte, sie wäre durch ihn hindurchgegangen, und dass er versuchen wolle, dies, sowie sich die Gelegenheit bot, zu malen.

Als Biesterfeld die Blätter wieder einsammelte und in die Mappe zurückschob, als er begann, seine Ausführungen zu wiederholen, sagte der Galerist:

»Die Leute wollen deine Farbflächen sehen und nicht eine Frau, die dich, und auch noch im Kurhaus an der Prorer Wiek, offenbar in Verwirrung gestürzt hat. Vergiss es«, sagte er. »Oder glaubst du ernsthaft, dass das irgendjemanden interessiert?«

Henning Biesterfeld galt als überaus nüchtern, und es war noch nie vorgekommen, dass er sich auf etwas eingelassen hätte, das ihm unsinnig erschien. Er hatte sich stets auf die Meinung anderer, die er schätzte, verlassen, und so tat er auch diesmal, was Winfried Schröder, sein Galerist, ihm geraten hatte. Er ging in sein Atelier, spannte eine Leinwand auf, aber anstatt die Farbtöpfe, die herumstanden, zu öffnen und den Pinsel in die Hand zu nehmen, rückte er einen Hocker zurecht und setzte sich ans Fenster.

Was draußen zu sehen war, kannte er zur Genüge. Da waren kahle Wände, und auch der Hof war, wie alles ringsherum, von einem trostlosen Grau, und was hätte näher gelegen, als über diese Trostlosigkeit, so wie er es gewohnt war, mit leuchtenden Farben hinwegzumalen.

›Ja, hinwegzumalen‹, dachte Biesterfeld, und plötzlich kam er von dem Eindruck nicht los, dass das, was er bisher getan und was ihm den Ruf eines bekannten Malers eingebracht hatte, nichts anderes als eine Masche war.

›Es hat nichts mit mir zu tun‹, dachte er, erhob sich, nahm die Zeichnungen zur Hand, veränderte hier und dort Details, und er bedauerte, dass er jenen, der ihn als Maler schätzte, mit seinen neuen Arbeiten provoziert hatte.

›Aber wie kann man‹, dachte Henning Biesterfeld und meinte das Porträt der Frau, das er aussortiert hatte, ›wie kann man‹, dachte er, ›wenn man so etwas vor Augen hat, abschätzig lächeln.‹

Dies geschah Ende August. Anfang September fuhr Biesterfeld wieder nach Binz.

›Merkwürdig‹, dachte er, als er den Fischerstrand erreicht hatte und durch das verrostete Tor trat. ›Merkwürdig‹, dachte er, ›dass mir dieses Haus derart vertraut geworden ist. Noch erinnert alles an den Jugendstil, aber wenn man nicht wenigstens das Dach ausbessert … In wenigen Jahren wird hier nichts mehr zu sehen sein.‹

Er achtete darauf, über die brüchigen Stufen, die zum Eingang führten, nicht zu stolpern. Dann war er schon im Treppenhaus, sah überall Risse, die, weil das Mauerwerk in Bewegung war, die Tapete auseinandergezogen hatten. Er fuhr mit der flachen Hand darüber hin, ging ins Parterre zurück, trat vor eine Nische, und als er die Statue, die dort aufgestellt war, an Kopf und Schultern berührte, bemerkte er, dass sie voller Spinnweben war. Rasch zog er sein Taschentuch hervor, um sich von der klebrigen Masse, die er plötzlich zwischen den Fingern hatte, zu befreien.

Am nächsten Tag sah man, wie er mit dem Bus nach Sassnitz fuhr und wie er in der Hiddenseer Straße ein Geschäft für Malerbedarf betrat und wie er anschließend mit Farbeimern, Plastiktuben und Pinseln, die er in einer Tasche verstaut hatte, nach Binz zurückkehrte. Dies geschah mehrmals, dann hatte er genügend Material beisammen, das er nicht etwa auf dem Balkon seiner Pension, sondern in der baufälligen Villa hinter dem Fischerstrand stapelte. Wo genau er sich befand, im ehemaligen Salon, dem Kinderzimmer oder in der Bibliothek, wusste er nicht zu sagen. Es war ihm auch gleichgültig. Er öffnete die Farbeimer, griff zum Pinsel, begann, die Umrisse jener Person zu malen, der er im Kurhaus begegnet war, aber es gelang ihm nicht, dem Gesicht einen Ausdruck zu verleihen.

›Es bleibt beliebig, beinahe ein Klischee‹, dachte Biesterfeld, und während er dies dachte, hörte er ein Geräusch.

Er drehte sich um, sah, dass ihm ein Polizist im Rücken stand, der ihn aufforderte zu erklären, ob er die Erlaubnis hätte, dieses Gebäude zu betreten.

»Haben Sie das Schild nicht gelesen«, wollte er wissen.

Biesterfeld legte Palette und Pinsel aus der Hand und kam sofort zur Sache. »Ich muss mich entschuldigen«, sagte er. »Natürlich habe ich kein Recht, an einem Ort, an dem ich lediglich meinen Urlaub verbringe, irgendwelche Ansprüche zu stellen. Aber ich bin Maler, das heißt, niemand kann, auch wenn es Verbotsschilder gibt, etwas dagegen haben, wenn ich eine Wand, bevor sie einstürzt, als Staffelei benutze.«

Der Beamte verzog keine Miene. Für Augenblicke stand er unentschlossen da, dann ging er, und ohne sich nochmals umzudrehen, zur Wendeltreppe, um wenig später, dies sah Biesterfeld vom Fenster aus, mit seinem Streifenwagen zu verschwinden.

Und nun musste Biesterfeld damit rechnen, dass der Beamte in kürzester Zeit zurückkommen würde. Also beeilte er sich, ging zu der Wand zurück, wollte herausfinden, ob es ihm, noch war genügend Zeit, gelingen würde, Verbesserungen vorzunehmen. Aber er fand nicht, was er suchte. Genauer: Auf dem Stück Tapete waren immer noch die Umrisse einer Person zu erkennen, ansonsten war alles leer.

›Überall Flecken. Als hätte jemand darüber hinweggewischt. Oder bin ich es selbst gewesen‹, dachte Henning Biesterfeld.

Er versuchte, was er mühsam und vor einer Stunde erst geschaffen hatte, zu wiederholen, entfernte die Tapete, um stattdessen auf der nackten Wand Konturen zu gewinnen, öffnete schließlich die Fenster, und nun sah er über die wenigen Meter hinweg bis zum Strand.

Das Wetter war günstig. Meist ist die See an der Prorer Wiek in Bewegung, aber wenn Windstille herrscht, wenn nicht einmal ein leichtes Kräuseln auf der Wasseroberfläche zu sehen ist, wenn alles in vollkommener Ruhe unter einem wolkenlosen Himmel daliegt, wenn ein Rot, ein Blau, ein glitzerndes Weiß aufeinandertreffen, dann war dies ein Anblick, den Henning Biesterfeld nicht unbeachtet lassen konnte. Also tat er auch diesmal, was er immer getan hatte. Er schleppte die Farbeimer herbei, begann schwungvoll mit Pinsel und Palette zu hantieren, und bevor es dunkel wurde, sah man dort, wo das Bild der Frau hatte entstehen sollen, riesige Farbflächen.

Riesige Farbflächen! Ja, war die Sache damit erledigt? Entschloss sich Biesterfeld, wozu ihm sein Freund Schröder geraten hatte, nämlich Binz auf schnellstem Wege zu verlassen? Er versuchte es.

Einmal noch war er, nachdem er alles stehen- und liegengelassen hatte, in Richtung Kurhaus unterwegs. In der Empfangshalle setzte er sich auf das Sofa, bestellte ein Glas Eiskaffee, ließ es aber unberührt, immer darum bemüht, die Flügeltür nicht aus den Augen zu verlieren. Er wartete, grübelte darüber nach, warum er über Wochen hinweg mit einer Wahrnehmung beschäftigt gewesen war, die er als abwegig empfand. Andererseits hatte er genau das, was er nicht malen konnte, skizziert. Da war, wie gesagt, ein Gesicht, die Augen waren nur angedeutet. Eine Haarsträhne reichte bis zur Schulter, die zur Hälfte von einem Tuch verdeckt war, und nachdem Biesterfeld das Glas Eiskaffee endlich leer getrunken hatte, als er beschloss, noch einen Whisky zu bestellen, überkam ihn ein Gefühl von Resignation.

Er zog das Porträt aus der Jackentasche, winkte den Ober herbei und bat ihn, das Stück Papier, das er zerriss, ein für alle Mal zu entsorgen.

Der Mönch am Meer

Ich hatte Grund, mich zu wundern. Ich besuche regelmäßig die Alte Nationalgalerie, um die Gemälde von Caspar David Friedrich zu sehen, aber eines Tages war der berühmte Mönch am Meer, und ohne dass ich dies hätte erklären können, verschwunden. Zugegeben: Der Ausstellungsraum war überfüllt, und durch die Enge, die entstand, und weil es mir nicht möglich war, nahe genug vor das Gemälde zu treten, sah ich den bogenförmigen Strand und auch die Wolken, die den Horizont ins Wasser zu drücken schienen. Aber wo war der Mönch, dessentwegen ich hergekommen war? Von ihm glaubte ich lediglich die Fußabdrücke zu erkennen.

Wochen später, als ich meinen Urlaub wie so oft an der Ostsee verbrachte, hatte ich ein Erlebnis, das mich an meinen Besuch in der Alten Nationalgalerie erinnerte. Hier waren die Verhältnisse, der Himmel war verhangen, das Wasser in Bewegung, genauso wie auf dem Gemälde, und wieder hatte ich

Grund, mich zu wundern. Stand da nicht, und auf die Entfernung kaum zu erkennen, jener berühmte Mönch, den Caspar David Friedrich gemalt und von dem ich den Eindruck gehabt hatte, er sei verschwunden?

Ich ging auf den Strand zu, in der Erwartung, wieder nur wie in Berlin ein paar Fußspuren zu sehen. Aber diesmal stand er leibhaftig vor mir, eine Überraschung, die im Museum unmöglich gewesen wäre. Ich bemerkte Einzelheiten, die auf dem Gemälde nicht zu erkennen waren. Er hatte tiefliegende Augen, und die rotblonden Haare waren im Nacken rasiert. Ob das lange Gewand, das er trug und dessen Saum über die Erde schleifte, eine Kutte war, wusste ich nicht zu sagen. Er ging ein paar Schritte hin und her, blieb schließlich stehen.

»Mein Herr«, sagte er und sah mir ins Gesicht. »Mein Herr«, wiederholte er, »ist es nicht wunderbar, endlich einmal, anstatt eingeklemmt in der Enge eines Bilderrahmens, im Freien zu stehen?«

Und als er sich dafür bedanken wollte, dass ich ihm geholfen hätte, dies zu tun, nämlich den Zustand des Gemalten zu überwinden, musste ich lächeln. Er zog die Kutte gegen den Wind hin enger, versuchte, die Berührung mit dem Wasser zu meiden, und zuletzt standen wir beide, der Mönch aus der Alten Nationalgalerie und ich, der ich vorhatte, in Binz meinen Urlaub zu verbringen, vertrauensvoll nebeneinander.

Ob ich ihm raten würde, sich einmal in der Gegend umzusehen, wollte er wissen, und ich hatte keinerlei Gründe, ihm diesen Wunsch auszureden.

Er zögerte, ging dann in Richtung Prora. Ich sah ihm nach, sah, wie er langsam verschwand, und nun stellte ich mir vor, dass er in Kürze Sassnitz erreichen würde.

›Wenn er sich nicht vorher für Stralsund entscheidet. Von dort aus käme er, was er doch vorhat, schneller in die Welt‹, dachte ich, und nach Berlin zurückgekehrt, hatte ich das Bedürfnis, mich jemandem anzuvertrauen.

»Stell dir vor«, sagte ich zu meiner geschiedenen Frau, mit der ich mich im Cumberland-Haus verabredet hatte, »stell dir vor, ich war in Binz und sah von der Promenade aus jene berühmte Figur, die Caspar David Friedrich gemalt hat. Es war der Mönch am Meer. Er hat das Museum verlassen, und ich habe selbst erlebt, wie versessen er darauf war, sich in der Welt, die man ihm vorenthalten hat, umzusehen.«

Gabriele zog die Augenbrauen hoch, trank ihren Kaffee, und es war überraschend, dass sie sich schließlich bereit erklärte, mit mir, sowie sie Zeit dazu haben würde, in die Alte Nationalgalerie zu gehen, um sich von dem, was mich und, wie sie fand, auf lächerliche Weise umtrieb, zu überzeugen.

»Aber dann lässt du den Unsinn sein«, sagte sie, und ich sah, wie gelangweilt sie war, und dass ihr die Zeiten, in denen sie mit meinen Extravaganzen zu kämpfen hatte, immer noch gegenwärtig waren.

Am selben Nachmittag fuhr ich mit Gabriele durch die Innenstadt. Dort, wo die Straßen vor Schutt und Baufahrzeugen kaum noch zu betreten waren, fand ich einen Parkplatz, und ich nahm es mit Gelassenheit hin, dass meine geschiedene Frau, so wie ich es gewohnt war, immer ein paar Schritte vorausging. Im Museum wusste sie bestens Bescheid. Sie ging zur Garderobe, gab ihre Tasche ab, und als ich ihr die Eintrittskarte hinhielt, war ich froh, dass sie, und ohne auf mich zu warten, den Fahrstuhl betrat. Ich zögerte, sah zu, wie er sich in Bewegung setzte, und anstatt nun die Treppe zu benutzen, um mit ihr, wie verabredet, ins dritte Stockwerk zu gelangen, blieb ich, wo ich war. Ich sah auf die Uhr, rechnete damit, dass Gabriele, und mit einem nachsichtigen Lächeln, wieder auftauchen würde. Dies wollte ich vermeiden. Ich wusste schließlich, dass das, was mich umtrieb, meiner Einbildung geschuldet war, und daran wollte ich, koste es, was es wolle, festhalten. Ich begann, mir Vorwürfe zu machen.

›Wie kann ich jemandem‹, dachte ich, ›den man für die Räume eines Museums geschaffen hat, raten, sich in der Welt umzusehen. Man weiß doch, wie mörderisch sie im Augenblick aussieht.‹ Also beschloss ich, alles zu unternehmen, um das, was geschehen war, wieder rückgängig zu machen. ›Ich muss an die Ostsee zurück, nach Binz, Sassnitz oder meinetwegen Stralsund. Es könnte ja sein‹, dachte ich, ›dass er dort herumirrt und leidet und Mühe hat, in die gesicherte Enge seines Bilderrahmens zurückzufinden.‹

Wer im Dezember an der Ostsee unterwegs ist und ungeschützt, weil er den Schirm vergessen hat, auf den Bus wartet, dessen Befinden wird auf eine harte Probe gestellt, und so war es nur selbstverständlich, dass ich es nach der dritten Irrfahrt in Richtung Sassnitz aufgab, die Prorer Wiek zu beobachten. Zumal es wahrscheinlicher war, dass der, den ich suchte, den Stralsunder Bahnhof aufgesucht hatte, falls es ihm überhaupt gelungen war, in der Weitläufigkeit, die er erkunden wollte, anwesend zu sein.

Stralsund war kein Problem. Die Stadt war übersichtlich und harmlos, so dass niemand, der einem anderen Jahrhundert angehörte, etwas zu befürchten hatte.

›Von hier aus‹, dachte ich, ›bis weit in Richtung

Westen, sagen wir, bis in die Pariser Vorstädte hinein, wird man ihn, falls er dorthin unterwegs ist, unangetastet lassen.‹

Aber dann, über diese Gegend hinaus, wenn man nach Süden abbog und die Meeresenge in einen anderen Kontinent erreicht hatte, dann konnte es vorkommen, dass man geschlagen, entführt und in die Wüste verschleppt wurde, und immer mit der Begründung, dass man, bedenkt man die herrschenden Vorschriften, andersartig gekleidet war. Dies wurde mit Peitschenhieben bestraft, und eintausend Kilometer weiter ostwärts und immer die Küste entlang, konnte es vorkommen, dass man zu Tode gefoltert wurde, wenn man an einer Halskette unerlaubte Insignien trug.

Daran dachte ich jetzt und verlor alle Hoffnung, jenen, dem ich aus den Fesseln der Kunst zur Freiheit verholfen hatte, jemals wiederzusehen. Oder irrte ich mich, denn Stunden später klingelte das Telefon. Es war Gabriele, die mir offenbar etwas Erfreuliches sagen wollte.

»Stell dir vor«, sagte sie, »was ich eben auf einer Litfaßsäule gelesen habe: ›Der Mönch am Meer ist wieder da.‹ Offenbar musste man ihn, weil er einiges erlebt hat, restaurieren. Am nächsten Samstag, den 22. Januar, wird er, und in Anwesenheit des Bundespräsidenten, der Öffentlichkeit übergeben.

Ich hoffe, du bist dabei. Und wenn du willst, trinken wir anschließend im Cumberland-Haus ein Glas Wein.«

Frau Frühwald

Merkwürdig: Seit einiger Zeit, seit wann genau, konnte niemand sagen, war da über dem offenen Meer eine Art Wetterleuchten, das näher kam und wieder verschwand. Niemand nahm Notiz davon, nur am Abend, wenn die Musik in der Nähe der Seebrücke besonders laut und aufdringlich war, dann glaubte man, die Kurverwaltung hätte dafür gesorgt, dass auch die Gegend weiter draußen bis zum Horizont in den allgemeinen Trubel mit einbezogen wurde. Aber das Wetterleuchten blieb bis zum Morgengrauen, bis alles ruhig und verlassen war und das Personal die weggeworfenen Servietten und Pappbecher aufsammelte, und wer ihnen dabei zusah und mit hochgeschlagenem Mantelkragen auf dem nassen Sand hin- und herging, war eine Frau, die sich offenbar entschlossen hatte, das Wetterleuchten zu beobachten.

Sie hielt sich abseits, fühlte sich aber doch, als man sie entdeckte, genötigt, mit dem Personal ein paar Worte zu wechseln. Rasch wandte sie sich wieder ab, und wie hätte sie jenen, die die Stufen der Landungsbrücke säuberten, ihre Anwesenheit erklären können.

›Soll ich ihnen sagen, dass ich wieder einmal eine schlaflose Nacht verbracht habe‹, dachte Frau Frühwald, nachdem sie die Landungsbrücke betreten und in Richtung offenes Meer weitergegangen war, und sie war froh, dass sich das, was sie beobachten wollte, wieder verlor. Nun war da kein Wetterleuchten mehr. Alles, so weit der Blick reichte, war in ein gleichmäßiges Halbdunkel getaucht, und die Stille des Wassers wirkte wie ein Sog.

Wenig später ging Frau Frühwald, nachdem sich das Personal entfernt hatte, in ihr Apartment-Hotel zurück, und nun durfte man sich fragen, ob sie auch diesmal wieder einen Umweg nahm. Seit kurzem mied sie die Dollahmer Straße, genauer: Sie weigerte sich, an einem Antiquariat vorbeizugehen, dessen Schaufenster nachlässig dekoriert war. Man sah uralte Bücher, dazwischen ganze Partien druckfrischer, in Cellophan eingeschweißter Neuerscheinungen, und in einer Ecke, beinahe, als hätte man ihn weggestellt, lehnte ein Bildband, genauer ein Katalog mit der Aufschrift »Liebe, Angst, Tod«.

Seit wann Frau Frühwald damit beschäftigt war,

dieses Buch, wenn sie am Schaufenster vorbeikam, zu übersehen, konnte sie nicht sagen. Aber um nicht dauernd Umwege zu nehmen und um die Marotte loszuwerden, betrat sie eines Tages den Buchladen, und wenig später hielt sie das, was sie störte und was sie nicht hatte sehen wollen, in der Hand.

Es war der Katalog einer Ausstellung der Bielefelder Kunsthalle aus dem Jahr 1980 mit Zeichnungen und Graphiken von Edvard Munch, und auf dem Cover war eine weißgekleidete Frau abgebildet, deren rotblondes Haar geordnet über die Schultern fiel. Sie hatte dem Betrachter den Rücken zugewandt, sah aufs offene Meer hinaus.

›Und so, ja genau so‹, dachte Frau Frühwald, ›könnte auch ich gestern Nacht auf der Brücke gestanden haben.‹

Für Augenblicke herrschte Unentschiedenheit.

»Möchten Sie das Buch kaufen?«

»Nein«, antwortete Frau Frühwald und stellte den Katalog, nachdem sie darin geblättert hatte, ins Schaufenster zurück.

Dabei deckte sie das Motto auf dem Cover mit den Händen ab, und nachdem sie das Antiquariat verlassen hatte, war sie versucht, die wenigen Schritte bis zum Schaufenster zurückzugehen, um zu überprüfen, ob es ihr in der Eile und da man ihr im Weg stand, gelungen war, den Katalog außer Sichtweite zu postieren.

Frau Frühwald war als Rechtsanwältin in einer Frankfurter Kanzlei beschäftigt, und warum sie die Reise vom Taunus bis an die Prorer Wiek auf sich genommen hatte, darüber wollte sie mit niemandem reden. Aber man wusste natürlich, dass es private Gründe gab, die sie veranlasst hatten, völlig unvorbereitet, sozusagen über Nacht, das Büro nicht mehr zu betreten, und ihr Chef, der Inhaber der Kanzlei, war verständnisvoll genug, diesen Zustand erst einmal gelten zu lassen.

Ihr Mann, wie hieß er, Martin, hatte sie jahrelang mit einer anderen Frau betrogen. Sie hatte es nicht bemerkt, hatte sich also, wie sie fand, lächerlich gemacht, und sie beschloss, die Zeit ihrer Ehe wie eine Strapaze hinter sich zu lassen. Das heißt, sie wollte sich erholen, wollte Urlaub machen, wollte nichts weiter, als an einem mondänen Ort am Strand in der Sonne liegen, aber sie war, wenn sie den Strand verlassen wollte, um in ihr Apartment zu gehen, gezwungen, die Goethestraße, dann die Dollahmer Straße zu passieren, und sie konnte es nicht verhindern, es sei denn, sie nahm einen Umweg, an dem Antiquariat vorbeizukommen. Und wieder sah sie den Katalog, in dem sie vor kurzem geblättert hatte. Man hatte ihn für alle sichtbar in die Mitte des Schaufensters gerückt, und zunächst widerstand Frau Frühwald der Versuchung, die Verkäuferin, mit der sie gesprochen hatte, zu bitten, ihn in die Ecke zurückzustellen. Sie wusste natürlich, wie albern es war, Derartiges zu verlangen. Hatte sie nicht, nachdem sie in Binz angekommen war, drei Tage lang in einem Strandkorb gesessen, um einfach so, mit ausgestreckten Füßen, die unendliche Weite zu genießen? Und hatte sie nicht, wenn sie nachts die Fenster ihres Apartments geöffnet hielt, den allerbesten Schlaf?

›Ich könnte in zehn Tagen wieder im Büro sein, wenn ich von dieser Marotte loskomme‹, dachte Frau Frühwald und überlegte, ob es nicht sinnvoll wäre, das, was sie ärgerte, doch noch zu kaufen und, ›es wird sich schon eine Gelegenheit finden‹, dachte sie, auf anständige Weise zu entsorgen.

Nochmals betrat sie den Laden, ließ sich den Munch aushändigen, fragte nach dem Preis, und schon, als sie die Seite mit der ersten Graphik aufschlug, bereute sie ihren Entschluss, konnte aber den Katalog, ohne unhöflich zu sein, nicht sofort wieder weglegen, und was sie sah, empfand sie als Zumutung.

»Kuss am Fenster« war dort zu lesen, und der Mann, der die Frau um einen Kopf überragte, hielt die, die er liebkosen wollte, beinahe unter sich begraben.

›Und das Ganze unter dem Motto Liebe‹, dachte Frau Frühwald und musste, indem sie mit dem Finger darüber hinwegfuhr, lächeln.

Sie kaufte den Katalog, verzichtete auf die Rechnung, und nun sah man, wie sie zum Bahnhof ging und einen Container öffnete. Sie zögerte, wandte sich ab. Offenbar war es ihr nicht möglich, den berühmten Edvard Munch in den Müll zu werfen, und als sie in ihr Apartment zurückgekehrt war, schob sie, was sie widerwillig erworben und nicht hatte loswerden können, unters Bett.

›Damit ist er außer Sichtweite‹, dachte Frau Frühwald und beschloss, den Abend in einem Restaurant zu verbringen. Sie hatte Lust auf einen guten Wein.

Sie fand etwas Passendes am Fischerstrand, bestellte ein Menü, trank einige Gläser Brunello, und sie sah, als sie auf dem Heimweg war, einen klaren, von Sternen übersäten Himmel, atmete tief ein, spürte, wie angenehm ihr die Luft war, so dass sie, als sie in ihr Apartment zurückkehrte, die Fenster öffnete, und nachdem sie etwas zu lange unter der Dusche gestanden hatte, ging sie zu Bett, löschte das Licht und schlief auf der Stelle ein.

Eine Stunde vor Mitternacht hörte man ein Geräusch. Wind kam auf und bewegte die Gardinen. Frau Frühwald schreckte hoch, war gezwungen, sich zu erheben, um die Fenster zu schließen, und als alles wieder still war, saß sie aufrecht im Bett und lauschte mit erhobenem Kopf, als wäre da etwas, das sie nicht beachtet hatte.

Aber was konnte dies sein. Da stand der Koffer, der leergeräumt war, im Schrank hingen Mantel und Kleider, den Rest hatte sie in der Kommode verstaut, und nun fiel ihr ein, dass der Katalog unter dem Bett lag, in dem sie vor kurzem erst geblättert hatte und dass vieles darin abstoßend, einiges aber auch vertraut gewesen war, und wieder und ohne dass es nötig gewesen wäre, den Katalog hervorzuziehen, wieder hatte sie die vielen Zeichnungen vor Augen, auf denen, und immer schwarz koloriert, Umarmungen zu sehen waren, wo ein Mann eine Frau auf engstem Raum und unwiderruflich unter sich zu begraben schien.

›Das will ich nicht mehr‹, dachte Frau Frühwald, die natürlich, da sie Hals über Kopf abgereist war, nicht wusste, ob auch ihr Mann die Wohnung verlassen hatte. Und wenn nicht …

›Dann steht er möglicherweise vor der Tür, und was mache ich, wenn er mich um Verzeihung bittet. Er würde mich umarmen, und ich wäre nicht in der Lage, mich zu verweigern und ihn aufzufordern, zu der anderen zu gehen, zu jener, mit der er mich und auf so hinterhältige Weise betrogen hat.‹

Sie überlegte, ob sie bei der Nachbarin anrufen sollte, um zu erfahren, ob in ihrer Wohnung abends das Licht brannte.

›So oder so, ich muss nach Frankfurt zurück‹, dachte Frau Frühwald, und plötzlich überkam sie, während sie nach dem Lichtschalter tastete, ein Gefühl von Angst.

Am Morgen darauf war sie noch einmal guter Dinge. Sie frühstückte ausgiebig und länger als gewöhnlich, fand Gefallen an der leisen Musik. Stunden später sah man sie am Strand. Es war kühl, so dass sie gezwungen war, mit geschlossenem Bademantel im Strandkorb zu sitzen. Als es wärmer wurde, als die Sonne den Horizont hinter sich gelassen hatte, lag sie, wie seit Tagen schon, in ihrem Bikini, die Füße gegen das Wasser hin ausgestreckt, völlig entspannt da. Aber dieser Zustand dauerte nicht lange. Irgendwann packte sie ihre Sachen zusammen, schloss den Strandkorb ab und ging, so schnell ihr dies auf dem nassen Sand möglich war, in Richtung Treppe, die zur Promenade führte.

Was sie veranlasst hatte, derart abrupt und mit notdürftig geschlossenem Bademantel die wenigen hundert Meter bis zu ihrem Hotel zu gehen, konnte sie nicht sagen. Sie wusste nur, dass sie hastig den

Schlüssel entgegennahm, und als sie die Tür zu ihrem Apartment öffnete, als sie den Koffer sah, der neben dem Schrank stand, überkam sie wieder, ›Ich muss nach Frankfurt zurück‹, dachte Frau Frühwald, ein Gefühl von Angst.

Sie zog sich um, und nachdem sie ihr Kostüm übergestreift hatte, versuchte sie, indem sie mit ausgestrecktem Arm unter dem Bettgestell hin- und herfuhr, den Katalog, den sie außer Sichtweite geschoben hatte, hervorzuziehen. Sie packte ihn in eine Plastiktüte, und am Nachmittag desselben Tages betrat sie das Antiquariat, und nun sah man, wie sie mit der Verkäuferin zu diskutieren begann. Was sich die beiden zu sagen hatten, war auf die Entfernung hin nicht auszumachen. Man konnte aber vermuten, dass Frau Frühwald darauf bestand, den Katalog, über den sie sich offenbar ärgerte, wieder loszuwerden, und vielleicht beschwerte sie sich darüber, dass man so wenig Feingefühl besaß, in einem Badeort, ja ausgerechnet hier, wo man darauf hoffen durfte, sich zu erholen, und wo man gezwungen war, Kurtaxe zu zahlen, etwas derart Trostloses wie den Munch ins Schaufenster zu stellen.

»Man sieht immer nur Gesichter mit aufgerissenen Augen, immer nur Fußgänger auf überfüllten Gehwegen, die den Eindruck panischer Ergriffenheit vermitteln. Und nun sagen Sie mir«, dies hätte Frau Frühwald der Verkäuferin in Rechnung stellen können, »nun sagen Sie mir, wie ich in Ansehung solch niederschmetternder Kunstwerke durch die Binzer Straßen gehen soll.«

Was weiterhin geschah, wir wissen es nicht. Aber offenbar hatte sich das Antiquariat in der Dollahmer Straße Frau Frühwald gegenüber kulant gezeigt, hatte den Katalog zurückgenommen. Denn zwei Tage später stand er wieder und für alle sichtbar in der Mitte des Schaufensters, und es war durchaus denkbar, dass Frau Frühwald es vermied, von dieser provokativen Geste Notiz zu nehmen.

Dies wäre vernünftig gewesen, und damit hätten sich auch alle Umstände, unter denen Frau Frühwald litt, erledigt. An der Prorer Wiek gab es für sie keine Möglichkeit mehr, mit ihrer Kränkung fertig zu werden, und es war einer Frau, die unlängst ihren vierzigsten Geburtstag gefeiert hatte und die eine erfolgreiche Rechtsanwältin war, durchaus zuzumuten, mit der Untreue des Ehegatten, die das Maß des Üblichen kaum überschritt, endlich fertig zu werden. Sie machte sich Vorwürfe, dass sie so hochmütig gewesen war zu glauben, man könne vor einer unglücklichen Ehe wie vor einer Strapaze in den Urlaub flüchten.

›Andererseits, was wäre damit gewonnen‹, dachte

Frau Frühwald, ›wenn ich mich mit Martin arrangiere und im Büro, den alltäglichen Kram vor Augen, meinen Pflichten nachkomme. Es wäre vernünftig, aber lohnt es sich überhaupt, immer und immer wieder und auf trostlose Weise vernünftig zu sein?‹

Mehrmals telefonierte sie mit ihrem Chef, dem Leiter der Kanzlei, und auch er riet ihr bei allem Verständnis, die Sache mit ihrem Mann so oder so hinter sich zu bringen. »Das Leben geht weiter«, diesen Satz musste sie mehrmals über sich ergehen lassen, und zuletzt stand sie mit gepacktem Koffer an der Rezeption. Es war spät am Abend, und es blieben ihr noch zwanzig Minuten Zeit, den Zug, der über Hamburg nach Frankfurt fuhr, zu erreichen.

Als sie das Hotel verließ, ja hier schon hatte sie Mühe, die überfüllten Gehwege unbeachtet zu lassen. Sie sah zu Boden, wollte die Gesichter nicht sehen, bog nach Norden in Richtung der Strandpromenade ab, und nachdem sie die Düne mit den Kiefern erreicht hatte, bemerkte sie, wie vor Tagen schon, über dem offenen Meer eine Art Wetterleuchten, das näher kam und wieder verschwand, und wie einige Spaziergänger am Strand stehen blieben, um dies zu beobachten.

›Daran hat sich also nichts geändert‹, dachte Frau

Frühwald, ging ebenfalls zum Strand und erfuhr, dass das Wetterleuchten aus der Gegend um Gotland kam.

Das schien sie zu interessieren. Sie sah auf die Uhr, bemerkte, dass es sich nicht mehr lohnte, zum Bahnhof zu gehen. Sie hatte den Zug verpasst, und da sie nicht ins Apartment zurückkehren wollte, beschloss sie, im Freien zu übernachten. Sie nahm ihren Koffer wieder auf und achtete auf das Wetterleuchten, das sich allmählich verlor. Zuletzt war alles, so weit der Blick reichte, in ein gleichmäßiges Halbdunkel getaucht, und die Stille des Wassers wirkte wie ein Sog. Auch dies hatte Frau Frühwald schon einmal erlebt, und obwohl ihr das Antiquariat in der Dollahmer Straße kein Problem mehr war, gelang es ihr nicht, ruhiger zu werden.

Am nächsten Morgen sah man sie auf der Seebrücke. Sie hatte Mühe, auf der steilen Treppe, die zum Schiff führte, nicht zu stolpern, und was auffiel: Sie hatte keinen Koffer mehr bei sich, und nachdem sie sich, das Deck war überfüllt, in eine Ecke zurückgezogen hatte, ertönte die Glocke, die Taue wurden eingezogen, und nun war Frau Frühwald in Richtung Gotland unterwegs.

In Richtung Gotland? Ja, wusste sie nicht, dass es von Binz aus keinerlei Möglichkeit gab, dorthin zu gelangen, und dass das Schiff von der Seebrücke aus lediglich eine Rundfahrt zur Kreideküste unternahm! Natürlich lohnte es sich, dort den berühmten Königsstuhl in Augenschein zu nehmen, und die Wälder im Jasmunder Nationalpark waren, besonders um diese Jahreszeit, von unübersehbarer Schönheit. Aber was galt dies alles, wenn man bedenkt, dass Frau Frühwald, als das Schiff an die Seebrücke zurückkehrte, nicht mehr unter den Fahrgästen war. Man fand lediglich die Brieftasche mit ihren Papieren, darunter einen Zettel mit der Aufschrift »Liebe, Angst, Tod«. Ein Umstand, schwer zu begreifen, aber ein vollbesetztes Fährschiff ist unübersichtlich, und es gibt viele Möglichkeiten, unbemerkt zu verschwinden, und vielleicht konnte Frau Frühwald der Versuchung nicht widerstehen, einen unglücklichen, schwer erträglichen Zustand zu beenden, von dem sie nicht wusste, ob er ihrer Begegnung mit der Kunst geschuldet war.

Und nochmals an der Prorer Wiek

Zweieinhalb Jahre waren vergangen, und die Villa am Fischerstrand befand sich immer noch im Zustand des Verfalls. Schwer zu begreifen, dass man dieses Beispiel norddeutscher Bäderarchitektur, dieses Fachwerkhaus aus der Jahrhundertwende mit vorgebauten Veranden, Bogenfenstern und einem Dreiecksgiebel, dass man dieses Zeugnis bürgerlichen Wohlstands unbeachtet gelassen hatte.

»Betreten verboten« war, wo das verrostete Gartentor offen stand, zu lesen, und die Lücke neben dem Giebel war breiter geworden, so dass man, wenn man die Villa betrat, den Himmel sah.

Im Treppenhaus, auf den brüchigen Stufen, überall Mauerwerk, einige Fenster waren herausgebrochen, und wer sich der Statue in der Nische nähern wollte, stolperte über offene Farbeimer. Irgendwo im oberen Stockwerk gab es noch jenes Stück Tapete, auf der man die Umrisse einer Person erkennen konnte, ebenso die nackte Wand mit den riesigen Farbflächen. Aber die Zerstörung, die Regen, Eis und Schneesturm verursacht hatten, die Auflösung der verputzten Wände machte die Zuordnung dieser und jener Details überaus schwierig, und was sollte es auch für einen Sinn haben, sich in einem Haus, dessen endgültige Zerstörung jederzeit zu erwarten war, umzusehen.

Die Statue in der Nische war voller Spinnweben. Ansonsten gab es hier, wo man über Jahrzehnte hinweg miteinander gewohnt hatte, keinerlei Lebewesen. Manchmal verirrte sich ein Fuchs, um sich tagsüber oder wenn das Wetter es erforderte, zwischen den zerbrochenen Balken zu verkriechen. Oder man sah hier und dort Krähen, die aber eher, da sie das Höhlenartige scheuen, am Gartentor nach Nahrung suchten, und völlig abwegig war der Gedanke, dass irgendjemand, vielleicht von der Halle des Kurhauses aus, hierher unterwegs gewesen sein könnte.

Andererseits waren der Fischerstrand und die Villa Agnes eine Möglichkeit, in die Granitzer Wälder zu gelangen, und die Seebrücke, auf der man die Fährschiffe erreichen konnte, lag keinen Kilometer entfernt. Und tatsächlich ging da, meist am späten Abend, eine junge Frau am Fischerstrand entlang. Sie wirkte unentschlossen, tat, als müsse sie den Strand in Richtung Granitz hinter sich lassen, und wenn sie auf der Seebrücke stand, knöpfte sie ihren Mantel auf. Sie überließ sich, so schien es, dem Gefühl, hier oben am Meer, wo immer ein kühler Wind ging, heimisch zu sein, und es war unverkennbar, dass sie, wenn sie die Seebrücke verließ und zur baufälligen Villa am Fischerstrand ging, wenn sie die brüchigen Stufen betrat und die Tür zum Treppenhaus hinter sich schloss, dass sie in dieser Ruine irgendwie zu Hause war.

Aber es gab niemanden, der dies hätte bezeugen können. Man schrieb das Jahr 2017, die junge Frau hingegen war ein Ziehkind der Belle Époque und also genötigt, zur Jasmunder Straße zu gehen. Sie suchte den Eingang zur Gemeindeverwaltung, und nach einigem Hin und Her fand sie das Büro mit der Aufschrift »Bauamt«. Dort saßen an einem Tisch zwei Angestellte, denen sie sich, wie sie glaubte, anvertrauen konnte.

Sie nannte ihren Namen, erwähnte, dass sie zwar nicht in Binz geboren, aber bis zu ihrem Tod an der Prorer Wiek heimisch gewesen sei, und in der Villa am Fischerstrand, versicherte sie, hätte sie ihre glücklichsten Jahre verbracht.

Ob es nicht möglich wäre, wollte sie wissen, den Verfall dieser Ruine aufzuhalten.

»Damit ich an mein Klavier herankomme«, sagte sie. »Es steht im Keller. Vormals«, fügte sie hinzu,

»als man mir verbot, eigene Lieder zu singen, stand es unter dem Fenster im Salon.«

Für Augenblicke schien es, als würde eine der Angestellten reagieren, aber als die Frau, die vornehm gekleidet war, die Federhut und einen Seidenschal trug, als sie zu erklären versuchte, dass das Grundstück am Fischerstrand von jeher im Besitz der Familie gewesen sei, blieb es dabei:

Die Mühe war umsonst. Niemand konnte sie hören. Es gibt keine Begegnung zwischen den Lebenden und den Toten, ein Umstand, den auch eine Gemeindeverwaltung nicht ändern konnte, und so stand jene, die nach über hundert Jahren immer noch unterwegs war, wieder auf der Seebrücke oder sie kehrte über den brüchigen Eingang hinweg ins Treppenhaus der baufälligen Villa zurück, die von Füchsen und Krähen bewohnt war.

Dies geschah in den letzten Tagen des August, und Mitte September beschloss sie, etwas zu unternehmen. Zunächst sah man, wie der Putz von den Fensterbänken flog. Es war eine Wolke dichten Staubs, darunter bemalter Mörtel, und zuletzt trudelten offene Farbeimer, dann Reste einer Staffelei in hohem Bogen in den verwilderten Garten hinab. Irgendwann trat die junge Frau, die keinerlei Chance hatte, beachtet zu werden, ins Freie hinaus, ging zum Tor, überdeckte das Schild »Betreten verboten« mit ihrem Schal, versuchte, sich mit den flachen Händen zu säubern, und das völlig verstaubte Kleid verriet, dass sie auch im Keller beschäftigt gewesen sein musste.

Zuletzt lehnte sie am Eingang der Villa, sah auf das diesige Meer hinaus. Noch fiel genügend Licht durch die geborstene Tür, so dass die Statue in der Nische zu erkennen war. Das Treppenhaus wirkte, soweit dies überhaupt möglich war, aufgeräumt, und was das Erstaunlichste war: Da stand, und zwar ins Zentrum der Eingangshalle gerückt, ein Klavier, das vom Mörtel befreit war. Auch der Deckel über der Tastatur war leergefegt, ebenso der Hocker, und es war durchaus vorstellbar, dass die junge Frau in der Lage gewesen war, inmitten von Schutt und gebrochenen Balken einen Anschein von Öffentlichkeit vorzutäuschen.

Sie zögerte, löste sich vom Rahmen der Eingangstür, sah immer wieder zum Fischerstrand, schien auf etwas zu warten, und vielleicht war es der Lärm von der Landungsbrücke her, der sie hoffen ließ, es könnte ihr gelingen, einige Leute darum zu bitten, ihrem Klavierspiel zuzuhören. Dies schien ihr wichtig, denn das andere, das, was ihr im Leben passiert war, kannte sie zur Genüge.

Man hatte ihr, nachdem sie immer und immer

wieder darum gebeten hatte, erlaubt, Gesangsunterricht zu nehmen, und bei den öffentlichen Hauskonzerten durfte sie sich, weil sie eine angenehme Stimme hatte, präsentieren. Alles, was sie sang, wurde ihr vorgegeben, und als sie es einmal wagte, etwas Unbekanntes vorzutragen, etwas, das sie, wie sie zugab, selbst verfasst hatte, gab es lange Gesichter. Alle waren sich einig darüber, dass der Wille zur Kunst eine Sache der Männer war.

Aber die junge Frau wusste sich zu helfen. Sie richtete sich eine Ecke im Keller ein, die unzugänglich war, und sie hoffte darauf, dass die Partituren, die sie dort ablegte, für die Nachwelt gesichert waren. Und natürlich konnte sie nicht ahnen, dass sie erst so spät die Gelegenheit haben würde, hierher, zur Villa an der Prorer Wiek zurückzukehren, wo alles zerstört war und wo ihre Lieder in der Ruine begraben waren, so dass sie versuchen musste, alles, was sie geschaffen hatte, aus dem Gedächtnis herbeizuzwingen.

Sie setzte sich ans Klavier, begann zu spielen, konnte sich aber nicht mehr daran erinnern, wo sie die Partituren, vor allem in der Reihenfolge der Variationen, nachgebessert hatte, und vielleicht war es auch nur der Versuch, sich etwas überaus Vertrautem, das man lange hatte entbehren müssen, wieder hinzugeben.

Mehrmals verließ sie die Eingangshalle, ging im Garten auf und ab, versuchte sich zu konzentrieren. Es gelang ihr nicht. Sie spürte, wie schwierig, ja unmöglich es war, im Zustand, in dem sie sich befand, die Attribute des Lebendigen aufzurufen, und zuletzt tat sie, was sie immer getan hatte, wenn sie versuchte, ihrer Verzweiflung eine Stimme zu geben. Sie sang die berühmten Zeilen von Friedrich Rückert, die Mahler vertont und denen sie, zumindest im Augenblick, nichts hinzuzufügen hatte.

Ich bin der Welt abhanden gekommen,
Mit der ich sonst viele Zeit verdorben,
Sie hat so lange nichts von mir vernommen,
Sie mag wohl glauben, ich sei gestorben!

Es ist mir auch gar nichts daran gelegen,
Ob sie mich für gestorben hält.
Ich kann auch gar nichts sagen dagegen,
Denn wirklich bin ich gestorben der Welt.

Ich bin gestorben dem Weltgetümmel,
Und ruh' in einem stillen Gebiet!
Ich leb' allein in meinem Himmel,
In meinem Lieben, in meinem Lied!

Emilys Schatten

Auf ihren Schatten konnte sich Emily verlassen. Er war immer bei ihr, und wenn die Sonne schien oder das Licht der Laternen günstig war, konnte die Siebzehnjährige behaupten, dass sie, wenn sie den Schulhof betrat, jemanden in ihrem Rücken hatte.

»Weiter, geh weiter.« An dieses Flüstern hatte sie sich gewöhnt, wenn sie gezwungen war, sich einer Gruppe Jugendlicher, die am Eingang auf sie wartete, zu nähern. Es machte ihr Mut, und sie ertrug die höhnischen Bemerkungen, die man ihr, wenn sie die Tür öffnete, zurief. Aber wenn sie im Flur war und über die Treppe hinweg auf das Klassenzimmer zu ging, wurde die Sache schwieriger. Hier war das Licht gleichmäßig verteilt, hier schrumpfte der Schatten und wurde, als Emily endlich in ihrer Bank saß, beinahe unsichtbar. Und warum das Mädchen, nachdem auch die anderen Schüler Platz genommen hatten und auf die Lehrerin warteten, warum sie wieder mit abfälligen Bemerkungen überhäuft wurde, war schwer zu begreifen. Sie rührte sich nicht, kannte das, was man ihr zurief, zur Genüge, und sie bemühte sich, den Schatten, der wieder an Konturen gewann, nicht aus den Augen zu verlieren.

Nachdem der Unterricht beendet war und alle über die Treppen hinaus ins Freie drängten, blieb Emily unbelästigt. Sie wartete auf den Bus, bemühte sich, indem sie den Kopf gesenkt hielt, niemanden anzusehen, und als sie endlich zu Hause war, ging sie ins Badezimmer und versuchte, etwas aus ihrem Haar zu entfernen. Es war ein Kaugummi, der sich, je heftiger sie daran zog, umso hartnäckiger in ihren Haaren verfing, so dass sie zuletzt eine Schere zur Hand nahm, und nun achtete Emily darauf, dass sie sich nicht zu viel von ihren Locken wegschnitt. Denn dies wollte sie unbedingt vermeiden: Dass die Mutter, wenn sie aus dem Büro zurückkam, etwas bemerken und Fragen stellen würde. Ja, sollte Emily ihr sagen, dass es nicht das erste Mal war, dass sie, wenn sie im Schulgebäude die Treppe hinunterging, von oben herab mit einem Kaugummi bespuckt wurde? Die Mutter sollte nur erfahren, was erfreulich war. Zum Beispiel, dass Emily für ihren letzten Aufsatz die beste Note erhalten und dass der Lehrer dies vor den Mitschülern erwähnt hatte.

Am Morgen darauf musste sie wieder zur Schule. Sie versuchte noch, nachdem sie den Rollkragenpullover übergestreift hatte, die Stelle am Kopf, die kahl geworden war, mit einer Haarsträhne abzudecken, was ihr nicht gelang, und zuletzt schien sie zu bedauern, dass die Mutter schon aus dem Haus gegangen war.

Das Haus, in dem Emily wohnte, befand sich in der Rue Colbert, und sie musste, wenn sie die Schule erreichen wollte, eine halbe Stunde laufen, es sei denn, sie benutzte den Bus. Dieses Mal ging sie von der Rue Colbert nach Südosten in Richtung Boulevard Vauban, wo sie nach links abbog, um auf dem Square Daubenton den größten Teil der Strecke hinter sich zu bringen. Irgendwann, als sie den Parc Les Poussins erreicht hatte, ging sie auf die Place du Concert zu, und hier betrat sie durch das breite Tor, das halb offen stand, den Hof der Privatschule Notre Dame de la Paix.

Es war Mitte April, und der frische Wind verriet, dass sich Lille in der Nähe der Küste befand. Man hatte um diese Jahreszeit, auch wenn die Sonne schien, immer ein Gefühl von Nässe, und auch Emily hatte, während sie auf dem Square Daubenton unterwegs gewesen war, ihren Schal enger gezogen, und sie achtete darauf, dass sie ihren Schatten nicht verlor.

»Weiter, geh weiter.« Dieses Flüstern gab ihr jetzt die Kraft, sich jener Gruppe Jugendlicher, die am Eingang auf sie wartete, zu nähern, und wieder war da der unbedingte Wille, sie lächerlich zu machen. Man spottete über ihre ausgetretenen Gymnastikschuhe, ihre Jeans, ihren Rollkragenpullover, der alles andere als modern war. Es war wie ein Spießrutenlaufen.

»Schlampe, du hast dich wieder am Kleiderschrank deiner Großmutter vergriffen!«

»Und nie in einen Spiegel gesehen!«

»Selbstverständlich nicht. Sonst wäre sie vor Scham krepiert!«, rief man, während Emily sich bemühte, den Berührungen der Ellbogen und Fäuste zu entgehen.

Sie floh ins Zwischengeschoss, dorthin, wo die Toiletten untergebracht waren, und was sie dort tat, war immer dasselbe. Sie verriegelte die Tür, hielt sich an der Klinke fest, spürte, wie ihre Hände zitterten. Sie hörte den Lärm vom Hof her, wusste, was dort vor sich ging. Wie man sich unterhielt, sich umarmte, unter Gelächter hierhin und dorthin schob. Es war eine Welt, von der Emily ausgeschlossen war, und sie hoffte darauf, dass es ihr hier, im Abseits, möglich sein würde, für einige Augenblicke zu verweilen.

Am späten Nachmittag, es hatte geregnet, drängelten die Schüler, um den Hof zu erreichen, über die Treppe ins Parterre hinab, und irgendwann sah sich Emily, die vorausgegangen war, von jenen umringt, die auch diesmal darauf aus waren, sie zu verhöhnen. Aber man berührte sie nicht, sondern griff nach dem Buch, das sie in der Hand hielt, und warf es in hohem Bogen durch die Tür auf das nasse Pflaster hinaus.

»Wenn du es zurückhaben willst, hol es dir«, rief jemand, und als Emily ins Freie trat, um sich nach dem Buch, das schmutzig geworden war, zu bücken, verlor sie das Gleichgewicht und fiel der Länge nach zu Boden.

Sie schluchzte auf, versuchte, die Tränen zurückzuhalten.

»Du solltest dir die Nase putzen«, hörte Emily und sah, dass man ihr von allen Seiten gebrauchte Taschentücher zuwarf.

Sie blieb liegen, und nun geschah es, vielleicht, weil sie, als sie strauchelte, in ein Gebüsch gefallen war oder weil der Schatten für die nötige Dunkelheit gesorgt hatte, nun geschah es, dass Emily kaum noch zu erkennen war.

Die Schüler wandten sich ab, und Emily wollte sich bei dem Schatten bedanken, obwohl sie wusste, wie abwegig solch ein Gedanke war. Schließlich war jener, zu dem sie Vertrauen hatte, nichts anderes als ihr Ebenbild, das, je nachdem woher das Licht kam, hierhin und dorthin fiel, und dass Emily anfing, mit dem Schatten zu reden, war der Beweis, wie weit man sie, und zwar in der Privatschule Notre Dame de la Paix, in die Einsamkeit getrieben hatte.

»Das war freundlich von dir«, sagte sie, »so viel Helligkeit konnte ich nicht ertragen.«

»Auf mich kannst du dich verlassen«, antwortete der Schatten, und in der Nacht, nachdem Emily endlich zu Bett gegangen war, blieb sie lange wach.

Sie spürte, dass es an der Zeit war, sich der Mutter, die im Nebenraum lag, anzuvertrauen, aber gleichzeitig wusste sie, wie unmöglich es war, über das, was sie ertragen musste, überhaupt zu sprechen. Sie scheute sich vor dem Eingeständnis, dass sie gezwungen sein könnte, weil sie sich nicht zu wehren wusste, die Erwachsenen um Hilfe zu bitten.

›Dann wird alles noch schlimmer. Und was haben die anderen, was ich nicht habe‹, dachte Emily und grübelte darüber nach, warum man sie, ja ausgerechnet sie, die schüchtern und zurückhaltend war, als Zielscheibe von Quälereien ausgesucht hatte, und wann dies alles, was offenbar grundlos war, begonnen hatte, wusste sie nicht zu sagen.

Sie empfand sich als minderwertig, wusste aber,

dass ihr dieses Gefühl von den anderen aufgezwungen worden war und dass sie versuchen musste, ihr verzweifeltes Weinen so lange zu unterdrücken, bis sie sicher sein konnte, dass die Mutter schlief.

›Der Tag ist vorbei, aber morgen fängt alles von vorne an‹, dachte Emily, und diesen Gedanken konnte sie kaum ertragen.

Nach einem Monat verriet der frische Wind immer noch, dass man sich in der Nähe der Küste befand, und Lille ist eine Stadt, die einige Sehenswürdigkeiten aufzuweisen hat. Etwa die Kathedrale mit ihrer leuchtenden Fassade oder der Palais Rihour, die ehemalige Residenz burgundischer Herzöge oder die als Königin der Zitadellen bezeichnete Anlage in Form eines regelmäßigen Fünfecks. Aber auch die alte Börse und der Belfried der Industrie- und Handelskammer, sie alle gelten als imposante Bauwerke, und sogar die École Notre Dame de la Paix hätte, wollte man sie besichtigen, einiges zu bieten. Die Fassade zum Hof hinaus hat immerhin hohe, klassizistisch wirkende Fenster, und wer sich im obersten Stockwerk ins Freie hinauslehnt, hat eine schöne Aussicht, ihm kann aber auch, wenn er in die Tiefe sieht, leicht schwindlig werden.

Die Toilette mit dem Klappfenster war von der Straße, aber auch vom Hof aus nicht zu sehen.

Trotzdem durfte man vermuten, dass sich Emily in der gewohnten Enge aufhielt. Oder ging sie neuerdings nicht doch lieber einige Treppen höher, dorthin, wo ihr noch nie jemand gefolgt war. Vielleicht saß sie auf dem Fußboden und überlegte, warum die Lehrerin während des Unterrichts völlig gleichgültig zugesehen hatte, wie man wieder, immerhin saß Emily in der ersten Reihe, von ihr abgerückt war.

›Um mich herum waren die Stühle leer. Das kann sie unmöglich übersehen haben‹, dachte sie, spürte aber gleichzeitig, dass diese neuerliche Kränkung, die sie nicht verstand, allmählich an Bedeutung verlor.

Denn hier oben war alles still. Es begann zu dämmern, und der Schatten in Emilys Rücken versperrte die Sicht auf die Treppe, die nach unten führte, so dass Emily, als sie die Fenster öffnete, von der Vorstellung nicht loskam, es gäbe nur noch eine Möglichkeit, die École Notre Dame de la Paix endgültig zu verlassen.

Sie tastete nach ihrem Rucksack, den sie umständlich öffnete, zog einen Kamm, einen Spiegel, ein paar Bücher und einen Lippenstift hervor, der der Mutter gehörte und den sie am Morgen aus dem Badezimmer mitgenommen hatte. Sie überlegte, ob sie ihr Haar hochstecken sollte, ließ es aber sein, und nun nahm sie Spiegel und Lippenstift zur Hand und begann sich zu schminken. Vielleicht hatte sie die Absicht, ihrem Äußeren ebenjenen Ausdruck zu verleihen, den man von ihr, und auf so brutale Weise, eingefordert hatte, und für das, was weiterhin geschah, gab es keine Zeugenschaft.

Man weiß nur, dass Minuten später jemand auf dem mit Steinen gepflasterten Hof aufschlug und dass niemand, auch nicht der Schatten, in der Lage gewesen war, dies zu verhindern.

An der Spanischen Treppe

Die Spanische Treppe in Rom ist tagsüber kaum passierbar. Dicht an dicht drängen die Touristen, und wo sie nicht herumstehen, sitzen sie reihenweise auf den Stufen und trinken aus ihren Pappbechern und Plastikflaschen. Auch der Brunnen auf dem Platz ist dicht umlagert, und es gibt nicht wenige, die, obwohl es unerwünscht ist, ihre nackten Füße ins Wasser tauchen. Auf der Via Condotti herrscht, und bis weit über Mitternacht hinaus, ein zielloses Auf und Ab, und erst im Morgengrauen, wenn die Straßenreinigung mit ihren Maschinen auffährt, entsteht wie in der Winterszeit ein Eindruck von Verlassenheit und Leere. Und kann man sich vorstellen, dass es in dieser Gegend, in der die Häuserwände mit Kletterrosen und Bougainvilleen zugewachsen sind, auch einmal schneit?

Allerdings. Dies geschieht selten, aber wenn es geschieht, dann wirkt die Ewige Stadt, als hätte sie das Zeitliche gesegnet, und so konnte niemand bezeugen, dass da eines Nachts und in der Nähe der Spanischen Treppe jemand unterwegs war. Es war ein junger Mann. Er trug einen Überrock und enge Hosen, die unten in Gamaschen übergingen. Das Jabot war offen, beide Enden hingen ihm bis zur Taille hinab, und er schien erregt zu sein, bückte sich hierhin und dorthin, um Mauerreste, die herumlagen, aufzusammeln. Es waren faustgroße Brocken, die er gegen das Fenster eines Gebäudes schleuderte. Man hörte ein Klirren, aber die Scheiben blieben unversehrt, und dies wollte jener, dessen Gesicht blass und hohlwangig war, nicht hinnehmen. Er hastete die Stufen der Spanischen Treppe hinauf, dorthin, wo er das Gebäude besser im Blick hatte, und nun warf er, was er in den Händen hielt, mit noch größerer Wucht gegen die Scheiben. Wieder hörte man ein Klirren, und wieder blieb das Ganze, obwohl er sich Mühe gab, wirkungslos.

»Ich wünsche keine Gedenkstätte!«, rief er noch, dann war er im Schneetreiben, das einsetzte, verschwunden.

Die Casina Rossa ist ein viereckiger Bau aus dem 18. Jahrhundert, der die Spanische Treppe von Südosten her eingrenzt. Es ist ein Museum, das an die englischen Dichter Keats und Shelley erinnern soll, denn beide haben ihre letzte Ruhestätte nicht in England, sondern tausend Kilometer weiter südlich auf dem *cimitero acattolico* in Rom. Beide waren jung gestorben. Shelley ertrank bei einer Segeltour an der Küste von La Spezia, Keats war fünfundzwanzig Jahre alt, als er von der Tuberkulose hinweggerafft wurde, einer Krankheit, die von demütigender Grausamkeit ist. Oder wie soll man jenen Zustand benennen, in dem man gezwungen ist, unter ständigem Husten tassenweise Blut von sich zu geben.

Das hatte auch Keats erfahren, als er dem Sterben seiner Mutter und seines Bruders zusehen musste, die lediglich erlitten, was ihm selber bevorstand. Auch die Flucht nach Rom, um dort bessere Luft als in London zu atmen, konnte daran nichts ändern. Und so liest man auf seinem Grabstein die Worte, die er sich gewünscht hatte, nämlich:

»Here lies One Whose Name was writ in Water.«

Diese Inschrift kann als Beweis gelten, dass Keats nicht nur die heimtückischen Attacken von Bazillen, sondern auch die Gehässigkeiten seiner Leserschaft zu fürchten hatte und vor allem derjenigen, die die Macht hatten, sie öffentlich zu dokumentieren. Man weiß schließlich, dass er, während er seinem Bruder die Stirn zu kühlen versuchte, auch noch gezwungen war, die höhnischen Kommentare über sein Gedicht *Endymion* zur Kenntnis zu nehmen.

Das Schneetreiben hatte aufgehört, die Wolkenwand bekam Risse, und nun sah man auch jenen besser, der an der Spanischen Treppe bemüht gewesen war, die Scheiben einzuschlagen. Er ging, das war unverkennbar, in Richtung Süden zum Forum Romanum und darüber hinaus. Wohin? Das war schwer zu sagen. Aber man konnte sich durchaus vorstellen, dass es der tote Poet war, der einen Überrock trug, dessen Jabotenden bis zur Taille hinab hingen und dessen Gesicht blass und hohlwangig war, nicht nur als Zeichen der Schwindsucht, sondern auch, weil man ihn seiner Verse wegen in England verhöhnt hatte. Vielleicht war er empört darüber, dass man ihm einige Kilometer stadteinwärts eine Gedenkstätte errichtet hatte, ihm, der am 13. Februar 1821 sang- und klanglos begraben wurde. Die Mitwelt hatte ihn verachtet, die Nachwelt feierte ihn als genialen Dichter. Aber was, um Gottes willen, konnte er dagegen tun! Er gab sich alle Mühe.

Wie gesagt: Die Spanische Treppe in Rom ist tagsüber kaum passierbar. Dicht an dicht drängen die Touristen, und wo sie nicht herumstehen, sitzen sie reihenweise auf den Stufen und trinken aus ihren Pappbechern und Plastikflaschen, und erst im Morgengrauen und vor allem in der Winterszeit entsteht ein Eindruck von Verlassenheit und Leere.

Dann wirkt die Ewige Stadt, als hätte sie das Zeitliche gesegnet, und so konnte niemand bezeugen, dass da eines Nachts und in der Nähe der Spanischen Treppe wieder jemand unterwegs war. Er schien erregt zu sein, bückte sich hierhin und dorthin, um Mauerreste aufzusammeln, die er gegen das Fenster eines Gebäudes schleuderte. Er hastete die Stufen der Spanischen Treppe hinauf, dorthin, wo er das Gebäude besser im Blick hatte, und nun warf er, was er in den Händen hielt, mit noch größerer Wucht gegen die Scheiben. Wieder hörte man ein Klirren, und wieder blieb das Ganze, obwohl er sich Mühe gab, wirkungslos.

»Ich wünsche keine Gedenkstätte!«, rief er noch, dann war er im Schneetreiben, das einsetzte, verschwunden.

Auf dem Gelände

Auf dem Gelände der Villa Massimo in Rom herrscht ein geordnetes Nebeneinander. Hier sind antike Fundstücke aneinandergereiht: Statuen, steinerne Särge, Reste von Säulen, Gesimse, die als Tischplatten dienen, dies alles umsäumt von säuberlich geharkten Kieswegen, Rasenflächen, Blumenbeeten, von übermannshohen Agaven, darüber Pinien, Fichten und Zedern, die den Himmel verdecken, aber im Licht der Laternen wirkt der Hof vor der Villa, der von Mauern und einem Brunnengewölbe eingegrenzt ist, vollkommen frei.

Und ebendort, in einer kalten Dezembernacht, konnte man beobachten, wie sich neun steinerne Figuren vor der Treppe der Villa versammelten, um eine zehnte, die vom Sockel getreten war und der man vor Stunden erst einen Kopf aufgesetzt hatte, zu begrüßen. Damit waren alle einverstanden, sowohl jene, denen das Glück körperlicher Unversehrtheit verwehrt geblieben war, als auch jene vier Büsten, die man ins Abseits geschoben hatte und deren Uniformen mit Orden übersät waren. Es waren fremdländische Gesichter, ernst und zurückhaltend und mit dem Willen, sich dem, was auf dem Gelände der Villa geschah, nicht zu entziehen.

Wie gesagt, wieder hatte man eine Statue restauriert und damit kenntlich gemacht, und nachdem sie, die jahrelang kopflos hatte ausharren müssen, ebenso wie die anderen antiken Fundstücke wieder auf ihrem Platz war, hörte man in der Stille, die nun herrschte, dass es doch jemanden gab, der dem Ganzen widersprach.

»Der Kopf ist zu groß und hat mit Schultern und Hals, die ihn jetzt tragen müssen, nichts zu tun!«, rief eine Frauenstimme, und wer näher hinsah, konnte erkennen, dass dies in der äußersten Ecke der Villa, dort, wo sie in einen Torbogen überging, geschah. »Ich weiß, wovon ich rede. Man hat meinen Kopf auf einen Körper gezwungen, der mir nicht gehört und den ich verabscheue«, fügte sie hinzu.

Es klang wie ein Hilferuf und als würde sie jene, die eben noch unterwegs gewesen waren, aufzufordern, zurückzukommen.

Aber die Statuen verharrten auf ihren Plätzen. Da war nichts zu hören, nichts zu entdecken, was man als Antwort hätte deuten können. Stattdessen begann es zu regnen, und nun sah man, wie der Statue, die sich beschwert hatte, das Wasser über das Gesicht lief, und sie hatte, da sie in Stein gemeißelt war, keine Möglichkeit, dies zu ändern. Die Mörtelspur am Hals begann sich zu verfärben, so dass sie als Trennlinie zu erkennen war, und die missbilligenden Blicke, die ihr einige Büsten zuwarfen, wusste sie zu ertragen.

Sie stand aufrecht, hielt die Toga, die ihr bis zu den Füßen reichte, mit den Ellbogen fest, hatte die Augen, als würde sich dort etwas zeigen, in die Ferne gerichtet, und sie schwieg, dachte darüber nach, warum es ihr nicht, wie den anderen, gelang, sich mit einem fremden Körper abzufinden. Den eigenen hatte sie verloren, und sie ahnte natürlich, wie groß, ja unendlich jene Fläche war, auf der man ganze Zeitalter begraben und damit der Vergessenheit überantwortet hatte.

›Ich bleibe mit meinem Kopf allein‹, dachte sie und hoffte darauf, dass sich das, worauf sie montiert war und was aus der Zeit des Augustus stammte, langsam aber sicher, falls die Witterung nachhalf, auflösen würde, und sie hatte nicht die Absicht, nochmals zu sagen, wie sinnlos, ja absurd es war, über eine fragwürdige Restaurierung zu jubeln, die nicht dem Wunsch nach Unversehrtheit, sondern lediglich den Ambitionen einiger Antiquitätensammler geschuldet war.

In der Ewigen Stadt

Werner Rohrbach freute sich auf Rom. Die Stadt war ihm vertraut, und so sah man ihn in einem Hotel an der Piazza Venezia. Er hatte einige Bücher bei sich, in denen die neuesten Ausgrabungen dokumentiert waren. Diese wollte er besichtigen, aber zunächst tat er, was er immer getan hatte. Er ging, da das Wetter es erlaubte, auf dem Forum Romanum spazieren, und was gab es, wenn man den Eingang über die Via dei Fori Imperiali betreten hatte, Schöneres, als auf dem vorgegebenen Weg nach rechts abzubiegen, um an der Basilica Aemilia vorbei in Richtung Curia zu schlendern, dorthin, wo man sich früher, Anlässe gab es genug, auf dem Comitium versammelt hatte.

Hier sah sich Rohrbach längere Zeit um, musterte den Bogen des Septimus Severus, stellte sich vor, wie man auf der Rostra Reden gehalten hatte. Den Mamertinischen Kerker und die Ruinen in unmittelbarer Nähe musterte er mit wenigen Blicken, und nun ging er an der Phokassäule vorbei in Richtung der Via Sacra. Von hier aus waren es keine einhundert Meter bis zum Titusbogen, und wenn man den erreicht hatte, durfte man sagen, man hätte die Strecke, die den Triumphzügen auf dem Forum Romanum gewidmet war, hinter sich gelassen.

Den Triumphzügen. Ja, dies war nun etwas, das sich in keinem der ausgegrabenen und zur Schau gestellten Rudimente nachweisen ließ. Aber auf dem Titusbogen sah man in Stein gemeißelte Erinnerungen, etwa den Feldherrn in einem Kampfwagen auf dem Wege zum Capitol, geführt von der Göttin Roma, begleitet von der Siegesgöttin mit dem Lorbeerkranz, dazu die Beute aus dem Judäischen Krieg, und jeder wusste, dass ihm im allgemeinen Jubel und in der Übermütigkeit des Augenblicks immer wieder etwas zugeflüstert wurde: »Bedenke, dass du sterblich bist.«

Über diese Angewohnheit, die zweifelsfrei überliefert war, musste Rohrbach lächeln. Wie konnte man, wenn man dabei war, die Fortdauer eines Zeitalters zu sichern, derart argumentieren!

›Man sieht doch, dass die Wiedergeburt dieses Areals, auf dem zwischendurch die Kühe grasten, tausend Jahre nach dem Untergang nicht zu verhindern war. Zugegeben, es sind Ruinen‹, dachte Werner Rohrbach, ›aber wenn ich die Augen schließe, fällt es mir nicht schwer, das Stimmengewirr jener zu hören, die nicht mehr anwesend sind.‹ Und hatte er nicht vor kurzem erst den Palazzo Valentini besucht, wo man in der Nähe der Trajansäule über Stockwerke hinweg Ruinen aus der Tiefe freigelegt hatte. Es waren Reste aus dem 3. Jahrhundert nach Christus, und wer sich rechtzeitig eine Eintrittskarte gesichert hatte, der konnte sich davon überzeugen, wie hier nach einem Erdbeben ein ganzes Zeitalter zerstört worden war.

›Was für ein Anblick‹, hatte Werner Rohrbach gedacht, als er mit den anderen Touristen über die mit Glas abgesicherten und wie in einem Schaukasten ausgestellten Überreste hinweggegangen war.

Dies geschah langsam, gleichsam, als müsste man sich über den Abgrund, den man sah, vorantasten. Da waren Fußböden aus kostbarem Travertin, Reste von Säulen und aufgerissene Bäder, und unmittelbar daneben wurden immer wieder Videos eingeblendet, die dem Besucher vor Augen führten, wie reich und überwältigend dies alles im Zustand der Unversehrtheit ausgesehen haben musste.

›Der Unversehrtheit‹, dachte Rohrbach und empfand, vielleicht weil er immer wieder genötigt war, durch das Glas hindurch in die Tiefe zu sehen, ein Gefühl von Genugtuung.

Es gefiel ihm, dass man die Reste der Vergangenheit mit den Mitteln moderner Technik, einfach so,

›es wirkt wie ein Wunder‹, dachte Rohrbach, wieder gegenwärtig machen konnte. Und wie hieß doch der Spruch jenes berühmten Philosophen, den er notiert und immer und immer wieder gelesen hatte: »Mein Trost ist, daß Alles was war, ewig ist: – das Meer spült es wieder her.«

In dieser Stimmung beschloss Rohrbach, die Domus Augustana zu besichtigen, jene Ausgrabungen, die heute noch durch ihre Großartigkeit und Harmonie beeindrucken. Aber es kam nicht dazu. Als er den Weg, der in die Höhe führte, hinter sich gelassen hatte, begann es zu regnen. Wie aus heiterem Himmel und mit unerwarteter Heftigkeit zog ein Unwetter über den Palatin hinweg, so dass Rohrbach Mühe hatte, die nächste Gelegenheit, die ihm Schutz bot, zu erreichen. Es war ein Dach, das man über einem Mosaik errichtet hatte, und Rohrbach wusste sehr wohl, dass es verboten war, die Anlage zu betreten. Aber er hatte keine andere Wahl, und so kauerte er mit angezogenen Knien, immer darauf hoffend, dass man ihn nicht entdecken würde, auf dem Mosaik. Er sah auf den Eingang zurück, dorthin, wo ihm der Blick nach Süden durch einen Pinienhain versperrt war, und er wusste, dass dahinter, ›es sind keine zehn Kilometer‹, dachte Rohrbach, etwas zu besichtigen war, das er bisher gemieden hatte.

›Da bin ich nie gewesen‹, dachte er, spürte aber gleichzeitig, wie unmöglich es war, die berühmten Katakomben auf der Via Appia unbeachtet zu lassen.

Er zog sein iPhone hervor, versuchte, während es regnete und regnete, im Internet Einzelheiten herauszufinden. Er erfuhr, dass die mit Steinen bepflasterte Straße fünfhundertsechzig Kilometer lang war und dass man sie in unmittelbarer Nähe der Stadt mit Gräbern umsäumt hatte, deren Überreste heute noch zu besichtigen waren.

›Interessant‹, dachte Werner Rohrbach, steckte das iPhone weg und war froh, als er sich endlich, der Himmel war wieder klar, aus der Enge der Überdachung befreien konnte.

Tage später sah man, wie er mit einem Taxi in Richtung Kolosseum fuhr, und kurz darauf hatte er schon die Via Appia erreicht und staunte, wie abgeschirmt und unübersichtlich hier alles war. Links und rechts verwitterte Mauern, die den Blick in die Weite, wo man die Grabanlagen vermuten durfte, verstellten. Er bat den Chauffeur, ihn zum Grabmal des Philosophen Seneca zu fahren, machte keine Anstalten, auf die fragenden Blicke des anderen einzugehen. Offenbar war der Chauffeur überfordert, fuhr dann aber doch in Richtung Cecilia Metella. Aber als sie die Burgruine und damit das Ende der asphaltierten Straße erreicht hatten, deutete er auf ein Schild, das die Weiterfahrt verbot.

»Wir müssen umkehren«, erklärte der Taxichauffeur.

Rohrbach sah, dass die Straße hinter dem Schild mit antiken Steinen bepflastert und kaum noch zu passieren war, und als er nochmals darum bat, man möge ihn zum Grabmal des Philosophen Seneca fahren, zog der Chauffeur einen Stadtplan hervor.

»Fahren Sie mich zu den Katakomben«, sagte Rohrbach schließlich, als er sah, wie hilflos der andere darin herumblätterte.

Vor dem Gartenlokal der Basilica S. Sebastiano verließ er das Taxi, bat den Chauffeur, in einer Stunde zurückzukommen, und nun durchschritt er den kleinen mit Kieselsteinen belegten Vorhof, betrat die Kirche, die mit barockem Plunder vollgestellt war. An der Kasse erfuhr er, dass man die Katakomben nur in Gruppen besichtigen durfte. Darauf ließ er sich ein, um zehn Minuten später, nachdem er immer noch allein und geduldig herumstand, die Treppe, die in die Tiefe führte, hinter sich zu bringen. Als er im Halbdunkel stand, als nur noch ein letzter Schritt in den Korridor hinein, wo die Gräber waren, nötig gewesen wäre, bereute er plötzlich, dass er hierhergekommen war. Überall

Särge, nichts als Särge, die auseinandergebrochen waren. Es war zugig und kalt, so dass er gezwungen war, den Kragen seiner Jacke hochzuziehen. Die Eingangstür fiel ins Schloss. Offenbar war man dabei, die Katakomben zu schließen. Man löschte die Lampen, und in der Finsternis verlor Rohrbach die Orientierung.

›Was will ich hier. Hier helfen keine Philosophensprüche und auch kein Video, das die Vergänglichkeit auf wunderbare Weise hinter sich lässt‹, dachte er und weigerte sich, das zu tun, was er gewohnt war, nämlich die Augen zu schließen, um das Stimmengewirr jener zu hören, die nicht mehr anwesend waren.

Für Augenblicke stand er ratlos da, dann verließ er den Korridor, ging die wenigen Stufen zur Basilica zurück, und als er sich in dem Gartenlokal vor einem Oleanderbusch niederließ, um auf das Taxi zu warten, beschloss er, diese Gegend, wo es nichts weiter als Grabmale und Katakomben gab, nie wieder zu betreten.

›Bedenke, dass du sterblich bist‹, dachte er und wusste jetzt, wie unmöglich es war, über solch einen Satz zu lächeln, und wo es gelang, war dies ausschließlich der schönen Aussicht auf das Forum Romanum geschuldet.

In der Villa Albani

Rom ist ein Ort, an dem Unberechenbarkeit zum schönen Schein der Dinge gehört, wie etwa in der Villa Albani, jenem Areal, das im Osten die Via Margherita berührt, und wenn man die Strecke von der Via Adda bis zur Via Salaria hinter sich gelassen, wenn man, indem man nach links abbiegt, den Torbogen, der in den Park führt, erreicht hat, dann sieht man das imposante ausladende Gebäude, das 1767 fertiggestellt wurde und dem Kardinal Alessandro Albani als Museum für seine Gemälde- und Antikensammlung diente. Dies geschah unter Mitwirkung Winckelmanns, der für die Ausstattung der Räume verantwortlich gewesen war, und so war es nur selbstverständlich, dass jemand, der sich für den deutschen Klassizismus interessierte, dass Herbert Guttendorfer darum bemüht war, in das Innere der Villa zu gelangen.

Es gab Schwierigkeiten. Die Villa ist als Privateigentum der Öffentlichkeit entzogen. Nur wer eine Erlaubnis hat, darf das Gelände, das völlig verlassen daliegt, betreten, und so dauerte es einige Wochen, ehe Guttendorfer am schmiedeeisernen Tor empfangen wurde.

»Avanti«, sagte eine vierschrötige Gestalt, die in Mantel und Schal gehüllt war.

Es war Mitte Februar und der Jahreszeit entsprechend regnerisch und kalt, und nachdem Guttendorfer die Papiere, die seine Anwesenheit legitimierten, vorgezeigt hatte, betrat er mit dem Kustoden die Parkanlage, wo es zahlreiche Brunnen und kleinere Gebäude gab, darunter ein verfallener Tempel, und die Rabatten wirkten bräunlich und ungepflegt. Als sie die Villa erreicht hatten, sah sich der Kustode noch einmal um, als wollte er sich vergewissern, dass es tatsächlich nur diesen einen Besucher, nämlich Guttendorfer, gab, und als beide auf der Treppe standen, ja hier schon bemerkte Guttendorfer, wie unwillig der andere war.

»Resterò vicino. Spero che possa fare anche da solo«, sagte der Kustode, betrat einen Nebenraum, schloss die Tür hinter sich, und Minuten später war Guttendorfer in den Räumen, die er, wenn auch nur als skizzierten Grundriss, kannte, allein unterwegs.

Die Villa war ungeheizt, und die Düsternis ringsherum, die meisten Fensterläden waren geschlossen, machte es schwer, sich zu orientieren. Trotzdem entdeckte Guttendorfer, was er suchte, nämlich den Tisch, an dem 1870 die Kapitulation Roms unterzeichnet worden war. Mit der Unterschrift hatten die Franzosen auch die Plünderung der Villa besiegelt, hatten zahlreiche Stücke der Sammlung, etwa die Kolossalbüste der Pallas Athene und das Relief des Antinoos, nach Paris geschafft. Und was nicht abtransportiert werden konnte, wurde zerschlagen. Dies wusste Herbert Guttendorfer, und er staunte darüber, wie unscheinbar und armselig das Möbelstück wirkte, das er vor Augen hatte. Er spürte, dass er fror.

›Ich hätte den Mantel anziehen müssen‹, dachte er, griff nach dem Abdecktuch, das über einer Stuhllehne hing, durchschritt einen Korridor, und als Nächstes wollte er das berühmte Deckenfresko von Anton Raphael Mengs sehen.

›Ich muss in den Salon‹, dachte Guttendorfer.

Aber er wusste natürlich nicht, wo er sich befand, irrte hierhin und dorthin, und nachdem er den Korridor hinter sich gelassen hatte, stand er vor einer Marmortafel, auf der ein Namenszug eingraviert war.

»WINKELMANN« war da zu lesen, und Guttendorfer wunderte sich, dass man sie wie ein Hindernis ins Abseits geschoben hatte. Er versuchte, sie zu säubern, fuhr mit den Handflächen darüber hin, hörte eine Stimme.

»Da dove l'avete preso?«, fragte der Kustode, der ihm plötzlich im Rücken stand.

Dabei zog er das Tuch von Guttendorfers Schultern, und als jener sich erklären wollte, hatte er es bereits zusammengefaltet.

Für einen Augenblick standen sich die beiden gegenüber, Guttendorfer mit einem Ausdruck des Bedauerns, der Kustode mit einer gewissen Strenge, als wollte er sagen, dass er immer noch derjenige sei, den man zu respektieren hätte, und irgendwie war Guttendorfer erleichtert, als er den Kustoden darauf aufmerksam machen konnte, dass der Name auf der Marmortafel fehlerhaft geschrieben war.

»Hier fehlt ein Buchstabe. Können Sie mir sagen, warum man in der Villa Albani, die ihren Ruhm nicht zuletzt auch Winckelmann verdankt, nicht in der Lage ist, dessen Namen richtig wiederzugeben?«

Der Kustode schwieg, schien in Gedanken woanders zu sein, und als Guttendorfer mit dem Finger auf jene Stelle wies, wo zwischen dem N und dem K das C fehlte, schob er das Tuch unter die linke Achsel und verschwand.

›Offenbar hat er keine Lust, mich herumzuführen. Andererseits, ich habe bezahlt, und wie komme ich dazu, mich um die Launen eines Angestellten zu kümmern‹, dachte Guttendorfer, betrat den Salon, wo alles, da die Fenster nach Westen hinausgingen, sonnendurchflutet war, und nun überlegte er, ob es sich unter diesen Umständen überhaupt noch lohnte, in den berühmten, mit Farben herbeigemalten Himmel des Anton Raphael Mengs zu sehen.

Das Deckenfresko in der Villa Albani, das im Jahr 1761 fertiggestellt worden war, zeigt den Kardinal in triumphierender Pose, die der Kunst gewidmet ist, und alle Figuren um ihn herum sind, ob sie sitzen, tanzen oder stehen, weiblichen Geschlechts.

›Er ist der Einzige, der nackt ist, und es ist nicht ausgeschlossen, dass die Begeisterung für die Helden- und Götterstatuen ein Ausdruck ihrer homosexuellen Neigung war‹, dachte Guttendorfer, der wusste, dass Mengs und Winckelmann und Albani miteinander befreundet waren.

Er spürte wieder, dass er fror und dass er diesen Zustand, wollte er sich nicht erkälten, ändern musste. Also griff er, obwohl er wusste, dass es nicht gestattet war, erneut nach einem Tuch. Er sah, dass die Sonne unterging, und als es zu dämmern begann, als er auf der Treppe stand, bemerkte er, dass man ihn beobachtete. Es war, dies konnte auch nicht anders sein, immer derselbe, der vor Guttendorfer hierhin und dorthin auszuweichen schien. Plötzlich aber stand er ihm im Weg, sah auf die Uhr, erklärte, dass es an der Zeit sei, das Museum zu verlassen, und als Guttendorfer widersprach und darauf bestand, dass er ein Recht hätte, sich bis 19 Uhr hier aufzuhalten, zog der Kustode wieder, und dieses Mal ruckartig, das Tuch von Guttendorfers Schultern, schob es unter die linke Achsel und verschwand.

›Es reicht‹, dachte Guttendorfer, der diesen Vorgang, schon weil er sich wiederholte, nicht mehr akzeptieren wollte. Also versuchte er, dem Kustoden zu folgen, wollte wissen, womit dieser, wenn er sich weigerte, seinen Verpflichtungen nachzukommen, beschäftigt war. Aber als er den Lichtschalter berührte, um auf den Gängen, die voller Hindernisse waren, nicht zu stolpern, musste er feststellen, dass man den Strom abgeschaltet hatte, und nun blieb ihm nichts anderes übrig, als den, der sich verweigerte, um Hilfe zu bitten.

»Ich bitte um Entschuldigung. Sie haben recht, es ist an der Zeit, die Besichtigung zu beenden. Aber wie soll ich mich in dieser Dunkelheit zurechtfinden!«, rief er und war sicher, dass der Kustode jetzt auftauchen würde, um ihn zum Ausgang zu begleiten.

Stattdessen hörte er ein Flüstern, und als er ans Fenster trat, bemerkte er, dass da jemand, der Mantel und Schal trug, zwischen den Rabatten unterwegs war.

›Er ist nicht allein‹, dachte Guttendorfer, glaubte zu erkennen, dass mehrere Männer, allen voran der Kustode, dabei waren, antike Fundstücke in Richtung eisernes Tor zu schleppen.

Eine Weile sah er ihnen zu, überlegte, was das Ganze bedeuten könnte.

›Wäre es möglich, dass man dabei ist, hinter meinem Rücken das Erdgeschoss auszuräumen, und dass jener, der mir ständig das Tuch von den Schultern zieht, daran beteiligt ist?‹, dachte er und erschrak.

Die Lichtlosigkeit und Kälte ringsherum, die verstellten Treppen und Türen, die Tatsache, dass in diesem Gebäude seit dem Tag der Fertigstellung noch nie jemand gewohnt hatte, dies alles schien Guttendorfer plötzlich zu überfordern, und als er eine Tür klappen hörte, als er damit rechnen musste, jenen wieder zu sehen, der sich als Kustode ausgegeben hatte, kam er von der Vorstellung nicht los, dass dies, wenn er die Villa nicht augenblicklich verließ, Konsequenzen haben könnte.

Drei Reiter

Der Dämmerung, die jetzt, Ende November, in der Umgebung der Via Appia, einsetzt, kann sich, so wird behauptet, niemand entziehen. Hinter dem Straßenschild, das den Autos die Weiterfahrt verbietet, wo die Mauer endet und das Pflaster unpassierbar geworden ist, wo hinter Drahtzäunen eine baumlose Steppe und damit die Unübersichtlichkeit beginnt, dort, ja gerade dort könnte sich, was der Dämmerung angehört, ungehindert zeigen.

Nun hatte ich die Gelegenheit, hier und ohne jede Zeugenschaft unterwegs zu sein, und als es dunkel wurde, hörte ich plötzlich das Getrappel von Pferden. Ich trat hinter einen Busch, drei Reiter flogen an mir vorbei. Wohin sie verschwanden, konnte ich nicht sagen. Aber da war noch ein Gewieher, dann plötzliche Stille, und nun beschloss ich, mir das Gelände, auf dem dies geschah, näher anzusehen.

Ich suchte nach der Spur, die die Pferde mit ihren

Hufen hinterlassen haben mussten, fand aber die Erde nirgendwo aufgerissen. Das Gras wirkte, wohin ich auch sah, unberührt, und als ich die Richtung herausfinden wollte, in der die Reiter verschwunden waren, stand ich plötzlich vor einem übermannshohen Steinblock. Es war, dies erkannte ich am oberen Teil des Reliefs, das Grabmal des Philosophen Seneca, das, ich selbst hatte es nie versucht, in seiner Abwegigkeit schwer zu finden war.

Lucius Annaeus Seneca gehörte zu den angesehensten Männern seiner Zeit. Er war Stoiker und verfasste Schriften über die richtige Art zu leben. Dies wusste ich noch aus meiner Schulzeit und auch, dass er auf Befehl Selbstmord begangen hatte, was ihm aber erst beim dritten Versuch gelang.

»Sei mächtiger als das Schicksal.« – ›Er hat also versucht, sich daran zu halten‹, dachte ich und kam von der Vorstellung nicht los, dass jene drei Reiter, denen ich vor kurzem erst begegnet war, mit dem Tod dieses Mannes etwas zu tun hatten.

›Vielleicht wollen sie, falls es wieder misslingt, den Befehl wiederholen‹, dachte ich, wusste aber natürlich, wie absurd solch ein Gedanke war, denn: ›Was ich hier vor Augen habe‹, dachte ich, ›ist zweitausend Jahre alt, und man weiß nicht einmal, ob jener, dem man einen Gedenkstein errichtet hat, hier überhaupt begraben ist.‹

Dabei ließ ich es bewenden, hätte die Sache auch vergessen, traf aber Tage später jemanden, der sich darüber beschwerte, dass die Benutzung von Reitpferden auf dem Gelände der Via Appia neuerdings verboten war, und als ich darauf bestand, dass ich vor kurzem erst und in der Dämmerung drei Männer gesehen hätte, die über das freie Feld galoppiert waren, musste ich meine Behauptung unter dem ungläubigen Lächeln des anderen wiederholen.

Am darauffolgenden Tag stand ich mit meinem Bekannten hinter demselben Busch, hinter dem ich vor den Pferden Schutz gesucht hatte. Ich wies mit der rechten Hand in Richtung Grabmal, das aus der Ferne gerade noch zu erkennen war, und als die Dämmerung zunahm, als schwarze Wolken die letzten Sonnenstrahlen am Horizont abdeckten, war ich sicher, dass ich mich getäuscht hatte und dass der Ärger des Bekannten über das Verbot, mit Gäulen die Gegend zu betreten, überaus berechtigt war.

Aber der andere riet mir zu warten, und irgendwann hörte man von weitem ein Gewieher, dann Peitschenhiebe, und nun galoppierten drei Reiter an uns vorbei, dermaßen nahe und rücksichtslos, dass wir gezwungen waren, uns weiter ins Gebüsch zurückzuziehen.

»Sie galoppieren dorthin!«, rief ich und wies wieder in Richtung Grabmal.

»Sie galoppieren darüber hinweg!«, antwortete der Bekannte, und uns war klar, dass wir Zeugen eines unerklärlichen Vorfalls geworden waren.

»Es ist durchaus nicht sicher«, sagte der Bekannte, als wir in einem Hotel an der Bar saßen und ein Glas Whisky bestellt hatten. »Es ist durchaus nicht sicher«, wiederholte er, »ob der Erzieher Neros, der die Weisheit der Moral gepredigt hat, von der Ermordung des Bruders nicht doch etwas wusste. Er wusste von der Ermordung der Mutter, und ein Nutznießer der Gewaltherrschaft war er allemal.«

»Aber er hat sich doch«, sagte ich, »als Prinzenerzieher einen Namen gemacht.«

»Ja, weil Nero die Tugend, die Seneca predigte, ins Gegenteil verkehrt hat. Worte, nichts als Worte«, sagte der andere, und mir war die rigorose Art, mit der er sich äußerte, unangenehm.

Wir schwiegen. Es lohnte sich auch nicht, über die Widersprüchlichkeit der Mächtigen weiter zu räsonieren. Also sprachen wir nochmals über das Phänomen, das uns beide gleichermaßen beunruhigte: Wie war es möglich, dass wir drei Reitern in der Nähe der Via Appia begegnet waren, von denen wir nicht wussten, ob es sie wirklich gab.

»Eines kann ich mit Sicherheit sagen: Sie hatten mit Senecas Grab, das sie überflogen, nicht das Geringste zu tun, scheinen aber, daran hat sich nichts geändert, mit Mordbefehlen unterwegs zu sein.«

Diese Bemerkung meines Bekannten, wir siezten uns, ich nannte ihn Fontanelli, diese Bemerkung des Herrn Fontanelli veranlasste mich zu fragen, ob es nicht, schon um unsere Irritation loszuwerden, sinnvoll wäre, sich nochmals auf der Via Appia umzusehen. Fontanelli stimmte zu, und so waren wir das dritte Mal in dieser Gegend, und Fontanelli sprach davon, dass das Verbot, hier mit Pferden unterwegs zu sein, vielleicht der Absicht der Regierenden geschuldet sei, in diesen Zeiten der Gewalt für mehr Sicherheit zu sorgen.

»Man sieht überall Uniformierte, die ihre Waffe einsatzbereit halten«, sagte Fontanelli, als wir das brüchige Pflaster verließen und versuchten, das Gebüsch wiederzufinden, das, und auf so absurde Weise, unserer Sicherheit vorbehalten war.

Er sah auf die Uhr, meinte, dass uns bis zur Dämmerung noch etwas Zeit bliebe. Also gingen wir zum Grabmal des Seneca, betrachteten die Motive auf dem Relief, und als wir umkehrten, als wir uns dem freien Feld näherten, sahen wir schon von weitem, dass vor dem Gebüsch, und gänzlich bewegungslos, drei Pferde standen.

»Wir gehen zum Zaun«, flüsterte Fontanelli, aber seine Aufforderung, die Richtung zu wechseln, er versuchte noch, mich am Ärmel zu ziehen, kam zu spät.

Einer der Reiter stand uns schon im Rücken, ein anderer wartete neben den Pferden, und von dem dritten konnte man nur vermuten, dass er damit beschäftigt war, uns den Fluchtweg abzuschneiden. Man sah, dass alle drei eine Tunika trugen, die durch Purpurstreifen gekennzeichnet war. Oder waren es Kettenhemden aus der Zeit der Religionskriege? Wie in einem Film veränderte sich ihr Aussehen. Nun ähnelten sie jenen, die ihre Opfer unter die Guillotine gedrängt hatten, und zuletzt war da nichts weiter als der erbarmungslose Blick unter Hammer, Sichel und Hakenkreuz.

»Die ewige Wiederkehr des Gleichen«, flüsterte Fontanelli, und wir waren froh, dass die Dämmerung zugenommen hatte und dass alle drei, die ihre Pferde verlassen hatten, in Wirklichkeit aussahen wie jedermann. Das heißt, sie trugen Windjacken und Jeans, und jener, der uns im Rücken stand, bat in gebrochenem Italienisch um eine Zigarette.

Wie man am schnellsten die Piazza del Popolo erreichen könne, wollte man wissen.

Ich riet, zur Basilica S. Sebastiano zu gehen, um dort ein Taxi zu bestellen. Das lehnten sie ab. Sie hätten ja ihre Pferde, und währenddessen zog der, der im Abseits gestanden hatte, um uns an der Flucht zu hindern, einen Patronengürtel aus der Jackentasche. Einen Augenblick war er damit beschäftigt, dann war das Requisit umgeschnallt, und nun bestiegen alle drei ihre Pferde, zogen die Zügel straff, ritten aber nicht fort. Es war ein Bild merkwürdiger Unentschlossenheit.

Jener, der die anderen um einen Kopf überragte und der um eine Zigarette gebeten hatte, nahm seine Mütze vom Kopf, verbeugte sich gegen uns und sagte:

»Besten Dank und alles Gute. Wir sehen uns also auf der Piazza del Popolo. Ihr liebt das Leben, wir lieben den Tod.«

Bitte beachten Sie
auch die folgenden Seiten

Hartmut Lange im Diogenes Verlag

Die Waldsteinsonate

Fünf Novellen

Novellen, die vom Zustand jener Unglücklichen erzählen, denen das Bewusstsein ein besonderes Verhängnis war. Novellen über Nietzsches Wahnsinn, die Goebbels-Kinder, den rätselhaften Freitod von Kleist und Henriette Vogel, den Nihilisten Alfred Seidel, der, kaum neunundzwanzig Jahre alt, in einer Erlanger Nervenklinik endete, und über eine Jüdin, die mit einem ss-Mann, ihrem Mörder, spazieren geht.

»Wer wissen will, wie man eine gute Geschichte schreibt, sollte bei ihm in die Schule gehen.«
Frankfurter Allgemeine Zeitung

Die Selbstverbrennung

Roman

Die Nachricht von der unfasslichen Tat eines Pfarrers, der sich während eines Gottesdienstes selbst verbrannt hat, zieht die beiden Hauptpersonen des Romans auf unterschiedliche Weise in ihren Bann. Sempert, der in einem kleinen Dorf an der Elbe Ruhe sucht, um ein Traktat zu schreiben, vermag seine Erschütterung nur ungenügend zu überspielen. Koldehoff aber, der Pfarrer dieser Gemeinde, noch vernunftverhafteter und an seinem Unglauben verzweifelnd, kokettiert mit dem Gedanken, es dem Unglücklichen gleichzutun. Dass Koldehoffs Tochter und Sempert sich ineinander verlieben, bestärkt diesen noch in seiner kritischer werdenden Haltung gegenüber dem lebensfeindlichen Vernunftsdenken… bis ein anderes Ereignis Sempert und Pfarrer Koldehoff wieder auf ganz verschiedene Weise betrifft und betroffen macht.

Das Konzert

Novelle

Die Grenze zwischen der Welt der Toten und der der Lebenden verschwindet, und obwohl die Toten sich außerhalb der Zeit befinden und für sie alles so geblieben ist, wie es zum Zeitpunkt ihres Todes war, haben sie doch einen Blick für das Gegenwärtige.

»Hartmut Lange hat durch seine stilistische Zurückhaltung alle Einwände, dass ein Buch mit einem solchen Thema nur misslingen kann, überzeugend widerlegt.«
Werner Fuld / Frankfurter Allgemeine Zeitung

Auch als Diogenes Hörbuch erschienen,
gelesen von Charles Brauer

Tagebuch eines Melancholikers

Aufzeichnungen der Monate
Dezember 1981 bis November 1982

»In diesen Aufzeichnungen von 1981/82 präsentiert sich Hartmut Lange als ein nachdenklich betrübter Deutscher, der im Blick auf Nietzsche, Schopenhauer, auf Alteuropas Bildungswelt die heutige karge Szenerie des ›Geisteslebens‹ besieht. Ein Mann denkt über deutsche Krisen heute nach.«
Friedrich Heer / Die Furche, Wien

Die Ermüdung

Novelle

Alles fängt mit dem rätselhaften Tod seines Freundes Achternach an. Merten beschließt, dessen Witwe Gerda und ihren alten Vater in Berlin aufzusuchen. Das Wiedersehen weckt Erinnerungen: Gerda ist seine alte Jugendliebe. Merten bemüht sich zwar, die Witwe von ihrer Trauer abzulenken, doch insgeheim möchte er nur eines – seine Gerda wieder für sich gewinnen. Doch sie hält ihn mit ihrem seltsamen Verhalten auf Distanz. Sonderbare Dinge spielen sich ab. Gerda führt Selbstgespräche und entwickelt wahnhafte Ideen. Merten spürt, wie die bedrückende Atmosphäre des Hauses ihn langsam umschlingt. Rechtzeitig gelingt ihm der Absprung.

»Ein kleines Meisterwerk.« *Die Presse, Wien*

Vom Werden der Vernunft

und andere Stücke fürs Theater

Hartmut Langes Dramen der Jahre 1960 bis 1976 dokumentieren einen doppelten Abschied: Ausgehend vom Hegel'schen Rationalismus und Karl Marx' Sozialutopie, enden sie in der Melancholie über das Verschwinden jeder Vernunft und beschwören die Erinnerung an jene Gesellschaft, deren erklärter Gegner Lange war: an den märkischen Adel und an das Spätbürgertum.

»Die hier vorliegenden Theaterstücke zeigen den Versuch, gegen ein herrschendes gesellschaftliches Bewusstsein anzuschreiben, das den Sinn für poetische Mitteilungen entweder noch nicht entwickelt oder schon wieder verloren hat.« *Hartmut Lange*

Die Stechpalme

Novelle

Lieber Eichbaum, Du wirst jetzt 60, und es kann Dir nicht gleichgültig sein, dass Deine Frau erst 41 ist. Manfred Eichbaum, Verleger von Kunst- und Fotobänden, erhält anonyme Briefe. Der Verfasser kennt sich sehr gut aus in Eichbaums Leben, privat wie beruflich. Eichbaum, der seit fast einem Jahr an einem gebrochenen Schienbein laboriert, wird zunehmend verunsichert. Wer steckt hinter diesen Briefen?

»In unserer Literatur spielt auf dem Instrument der Novellenkunst heute keiner so meisterlich wie Hartmut Lange.«
Walter Hinck / Frankfurter Allgemeine Zeitung

Schnitzlers Würgeengel

Vier Novellen

Vier Novellen von sprachlicher Eindringlichkeit und Dichte: *Herr Semmering · Schnitzlers Würgeengel · Die Mauer im Hof · Der Himmel über Golgatha.* Verbunden sind diese Novellen durch ein ihnen voranstehendes Motto Martin Heideggers: »In der Unheimlichkeit steht das Dasein ursprünglich mit sich selbst zusammen.«

»Wer die Melodie der Erzählungen eines Hartmut Lange erkannt hat, wird sie nicht mehr los.«
Susanne Schaber / Österreichischer Rundfunk, Wien

Der Herr im Café

Drei Erzählungen

Drei Novellen über drei Künstler, die den großen Erfolg hinter sich haben und sich nun nicht einem Publikum, sondern dem Geheimnis der Zeit stellen müssen. Hartmut Lange beschreibt den Einbruch des Magischen in das alltägliche Leben. Wie unter Zwang streben seine Figuren danach, sich in diesen Abgrund hinter der Realität zu stürzen und ihr als normal definiertes Leben hinter sich zu lassen.

»Imaginäre Schrecken und die Ahnung bevorstehender Katastrophen übernehmen formvollendet die Regie im gediegenen Milieu von Hartmut Langes Künstlernovellen.«
Katrin Hillgruber / Der Tagesspiegel, Berlin

Eine andere Form des Glücks

Novelle

»Die Wahrheit liegt im Verschwinden« – ein verwirrender Satz, der sich wie ein roter Faden durch das Buch zieht und manches Rätsel aufgibt. So wie das Leben der Corinna Mühlbauer, der Freundin des renommierten Berliner Statikers Kippenberger. Immer wieder entzieht sie sich auf eigenartige Weise ihren Mitmenschen. Die Irritation, die sie verursacht, ist so stark wie die Anziehung, die sie ausübt. Was für eine Form des Lebens führt sie, welches besondere Glück ist ihr beschieden?

»Eine Liebesgeschichte der besonderen Art, die sich um das zentrale Gefühl dreht, das Augenblicke großen Glücks stets zurücklassen, jene Empfindung, ›als wäre es nie gewesen‹.«
Manuela Reichart / Süddeutsche Zeitung, München

»Schon mit den ersten Zeilen zieht Lange den Leser in den Strudel der Ereignisse hinein. Die Spannung ist mit der in Hitchcock-Filmen vergleichbar. Meisterhaft erzählt.« *Gießener Anzeiger*

Irrtum als Erkenntnis

Meine Realitätserfahrung
als Schriftsteller

Irrtum als Erkenntnis – eine intellektuelle Autobiographie, die sich mit den prägenden Ideologien und Glaubensfragen des 20. Jahrhunderts auseinandersetzt. Teil I beschreibt den Bildungsweg eines Außenseiters in der DDR. Teil II versammelt Essays und Aphorismen von kristalliner Schönheit und Gedankenschärfe. Teil III umfasst drei Vorträge, die im Wesentlichen um Sinn und Aufgabe von Kunst und Wissenschaft heute kreisen.

»Literatur gegen den Lärm des Zeitgeistes.«
Hans Jansen / Westdeutsche Allgemeine Zeitung, Essen

Gesammelte Novellen

in zwei Bänden

»Ein erzählerisches Gesamtwerk, das sowohl mit seiner sprachlichen Qualität, mit seinen gedanklichen Perspektiven wie auch mit seiner humanen Behutsamkeit in der deutschen Gegenwartsliteratur seinesgleichen sucht.« *Die Welt, Berlin*

»Hartmut Lange ist nicht nur einer der letzten großen Meister der Novelle, sondern auch ein Virtuose des bis ins kleinste Detail geschliffenen Stils.«
Mannheimer Morgen

Leptis Magna

Zwei Novellen

Zwei meisterhafte Novellen über Krisen und Lebenslügen, über die Balance zwischen Bodenhaftung und Selbstverlust, über Bindungsängste und den Sog der Selbstauflösung. Novellen von irritierender Schönheit und von geradezu metaphysischer Transparenz.

»*Leptis Magna* ist ein verschwörerisches Buch. Eines, das von Revolten berichtet, vom Aufstand – gegen sich selbst. Die Kipp-Punkte, denen Hartmut Langes Novellen durch dramaturgische Steigerung zustürzen, verursachen ein Hochdruck-Leseerlebnis. Ein meisterliches Buch.« *Silvia Hess/Buchkultur, Wien*

Der Wanderer

Novelle

Es ist mehr als nur eine Schaffenskrise, was den erfolgreichen Schriftsteller Matthias Bamberg aus dem Berliner Alltag in die verwirrende Welt Kapstadts aufbrechen lässt. *Der Wanderer* ist die Geschichte einer Verstörung, in der sich die Realität zu verflüchtigen und die Welt der Erscheinungen zur Substanz zu verdichten beginnt – vom Autor in kunstvoll schwebender Balance gehalten.

»Glänzender Stilist, der er ist, hat Hartmut Lange ein kleines Meisterwerk über die Unsicherheit des Menschen geschrieben, dessen Not, heimatlos zu sein, zugleich sein unschätzbarer Reichtum ist: Alles ist möglich, eben auch die Unmöglichkeit.«
Lothar Schmidt-Mühlisch / General-Anzeiger, Bonn

Der Therapeut

Drei Novellen

Berliner Seen, verschwiegene Gewässer mit ungeahntem Sog: der ideale Ort, um zu verschwinden – oder jemanden verschwinden zu lassen. Ihr Gegenstück, die ausgeleuchtete Öffentlichkeit: eine Theaterbühne als Ort für einen kunstvoll inszenierten Abgang.

»Wenige Schriftsteller beherrschen die Kunst der Novelle wie der Berliner Autor Hartmut Lange. Sein Band *Der Therapeut* versammelt drei Stücke dieses selten gewordenen Genres. Wie Lange das Alltägliche zum Unheimlichen, fast Surrealen steigert und dabei kaltblütig erzählt, ist großartig.« *News, Wien*

Der Abgrund des Endlichen

Drei Novellen

Ein verjährter Mord und seine Sühne. Ein Historiker im Sog der Vergangenheit. Der abgründige Eros eines Studienrats. Drei Novellen, die eines gemeinsam haben: Sie beschreiben die Suche nach Glück über dem Abgrund des Endlichen.

»Für Hartmut Langes Novellen von Geschichtsversessenheit und Geschichtsvergessenheit, Schuld und Sühne gibt es nur ein Wort: meisterhaft.«
Rheinischer Merkur, Bonn

Im Museum

Unheimliche Begebenheiten

Eine Museumsangestellte verabschiedet sich auf ungewöhnliche Weise. Ein Besucher findet den Ausgang nicht mehr. Ein dunkler Korridor verweist auf eine verschwundene Welt. Ein Stasi-Leutnant bewacht die eigene Vergangenheit. Adolf Hitler geistert als Ruheloser durch die Räume. Eine Mutter sucht mit ihrem Kind den Himmel. Der Rodin'sche Denker wird in Frage gestellt.
Hartmut Lange überwindet mit seiner Prosa Raum und Zeit und lässt nicht nur die Schatten, die einen solchen Ort bevölkern, lebendig werden, sondern auch die großen rätselhaften Fragen unserer Existenz.

»Es ist eine grandiose Zumutung, wie Hartmut Lange durch kleine Kunstgriffe das Unheimliche in die Wirklichkeit der Fiktion eindringen lässt und dadurch fast allegorische Bilder schafft. Wo Geschichtssplitter als kollektive Gedächtnisstützen in Vitrinen gezwängt werden, wo man Geschichte betrachtet wie etwas Untergegangenes, das nichts mehr mit uns zu tun hat, wird das Bewahrte zu etwas Verdrängtem.«
Ulrich Rüdenauer / Süddeutsche Zeitung, München

Das Haus in der Dorotheenstraße

Novellen

Nach dem überraschenden Tod seiner Frau hat ein Mann alles aufgegeben, was ihn mit der Vergangenheit verbindet. Doch woran sich nun halten? – Ein Politiker, der mit beiden Beinen fest im Leben steht, ist plötzlich davon überzeugt, dass sich eine Krähe als geduckter Schatten auf dem Rücksitz seines Wagens eingenistet hat. – Ein Journalist wird beruflich ins nasskalte London gerufen und hofft, seine Frau werde ihm folgen. Als ein isländischer Vulkan mit seiner Aschewolke den Himmel verschließt, spielt seine Phantasie verrückt. – Ein Mann folgt im Wald einem geheimnisvollen Cello-Ton und überrascht eine berühmte Cellistin – leider ist sie seit fünfundzwanzig Jahren tot. – Ein Fünfter ist Hotelberater, verheiratet und viel unterwegs. Warum kann seine Frau, die ihn liebt, ihn nur noch als Schemen bei sich behalten?

»Hartmut Langes Bücher sind in einer Zeit, in der die Seinsfragen auch deshalb so drängend geworden sind, weil sie so lange verdrängt wurden, unerhört aktuell.«
Peter Henning / Der Spiegel, Hamburg

Der Blick aus dem Fenster

Erzählungen

Die Geschichten spielen in München, einer Kleinstadt bei Hamburg, an der Ostseeküste, an der rauhen Nordwestküste Englands. Und immer wieder in Berlin, wo sich Vergangenheit und Gegenwart besonders augenfällig durchdringen. Acht taghelle, geheimnisvoll verdichtete Erzählungen, die prekäre Gemütszustände darstellen und kunstvoll auffangen: trügerische Glücksversprechen, unerfüllbare Sehnsucht, die Not einsamer Menschen, die Berührung mit dem Bösen, die Angst zu versagen.

»Hartmut Lange ist ein Künstler der Auslassung, der es an nichts fehlen lässt. Er weiß mit knapper Skizzierung Figuren zu erfinden, Atmosphäre und Spannung aufzubauen und ein untergründiges Geheimnis des Erzählten zu suggerieren.« *Michael Lentz*

Bernhard Schlink im Diogenes Verlag

»Bernhard Schlinks Prosa ist klar, präzise und von schöner Eleganz.«
Michael Kluger / Frankfurter Neue Presse

»Makellos-schlichte Prosa. Schlink ist ein Meister der deutschen Sprache.«
Eckhard Fuhr / Die Welt, Berlin

Selbs Justiz
Roman
Gemeinsam mit Walter Popp
Auch als Diogenes Hörbuch erschienen, gelesen von Hans Korte

Die gordische Schleife
Roman

Selbs Betrug
Roman

Der Vorleser
Roman
Auch als Diogenes Hörbuch erschienen, gelesen von Hans Korte

Liebesfluchten
Geschichten
Sämtliche Geschichten unter dem Titel *Liebesfluchten* auch als Diogenes Hörbuch erschienen, gelesen von Charles Brauer; außerdem die Geschichte *Seitensprung* als Diogenes Hörbuch, gelesen von Charles Brauer

Selbs Mord
Roman

Vergewisserungen
Über Politik, Recht, Schreiben und Glauben

Die Heimkehr
Roman
Auch als Diogenes Hörbuch erschienen, gelesen von Hans Korte

Vergangenheitsschuld
Beiträge zu einem deutschen Thema

Das Wochenende
Roman
Auch als Diogenes Hörbuch erschienen, gelesen von Hans Korte

Sommerlügen
Geschichten
Auch als Diogenes Hörbuch erschienen, gelesen von Hans Korte

Gedanken über das Schreiben
Heidelberger Poetikvorlesungen

Selb-Trilogie
Selbs Justiz · Selbs Betrug · Selbs Mord
Drei Bände im Schuber

Die Frau auf der Treppe
Roman
Auch als Diogenes Hörbuch erschienen, gelesen von Charles Brauer

Erkundungen
zu Geschichte, Moral, Recht und Glauben

Olga
Roman

Christoph Poschenrieder im Diogenes Verlag

Christoph Poschenrieder, geboren 1964 bei Boston, studierte an der Hochschule für Philosophie der Jesuiten in München. Danach besuchte er die Journalistenschule an der Columbia University, New York. Er arbeitete als freier Journalist und Autor von Dokumentarfilmen, bevor er 2010 als Schriftsteller debütierte. Sein erster Roman *Die Welt ist im Kopf* mit dem jungen Schopenhauer als Hauptfigur erhielt hymnische Besprechungen und war auch international erfolgreich. Mit *Das Sandkorn* war er 2014 für den Deutschen Buchpreis nominiert. Christoph Poschenrieder lebt in München.

»Ein begnadeter Stilist, der sein Handwerk glänzend versteht und eine packende Geschichte leichtfüßig, stilistisch brillant und höchst lesenswert erzählen kann.« *Eckart Baier / Buchjournal, Frankfurt*

Die Welt ist im Kopf
Roman

Der Spiegelkasten
Roman

Das Sandkorn
Roman

Mauersegler
Roman

Kind ohne Namen
Roman